두번째
쉼터
희망과 지혜를 주는 이야기

쉼 터 두번째

개정판 1쇄 인쇄 2003년 8월 1일
개정판 1쇄 발행 2003년 8월 9일

엮은이 박성철
펴낸이 김철수
편   집 유정림
디자인 김현민
마케팅 김진태 · 김규형
관   리 최경석 · 이세호

펴낸곳 지원북클럽
등   록 1996년 12월 3일 제10−1371호
주   소 서울시 마포구 상수동 231번지 호수빌딩 301호
전   화 (02)322−9822~5 | 팩스 (02)322−9826

ⓒ 지원북클럽
ISBN 89−86717−87−5 03810

두번째

쉼터

희망과 지혜를 주는 이야기

박성철 엮음

지원북클럽

우리 마음에 희망과 지혜를 주는 이야기

한여름에 산과 들이 온통 푸르름으로 가득 차게 되는 이유는 작은 나뭇잎 한 장, 풀 한 포기가 스스로 제 이름대로 살기 때문입니다. 작은 잎사귀와 풀잎들이 최선을 다해 뿜어내는 푸른빛이 모여 온 산과 들은 푸르름으로 가득 차게 됩니다.

우리가 사는 세상도 마찬가지입니다. 빛나는 자리이건 빛이 나지 않는 자리이건 간에 자신이 있어야 할 곳에서 나름대로의 향기를 갖고 살아가는 사람들이 모여 이 세상은 희망의 무지개가 떠오르게 됩니다.

우리는 인생이라는 드라마에 아직 능숙하지 못합니다. 타고난 재능도 없고 능숙하게 모든 일을 처리할 수 있는 능력도 지혜도 부족합니다. 하지만 서투른 인생 드라마를 만들어가는 과정에는 한 가지 원칙이 있습니다. 우리가 삶에서 마주치는 작은 일 하나에도 애정을 가진다면, 삶의 장면 장면마다 가장 가치 있는 그 무엇을 우리에게 선물해 준다는 것입니다.

향기로운 차 한 잔과 함께 천천히 책장을 넘기며 생각에 잠겨
보세요. 우리에겐 때론 가던 길을 멈추고 그 길을 넉넉하게 바라
보는 눈빛이 필요합니다. 가끔은 조용히 나만의 시간으로 돌아와
주위를 돌아보는 시간도 필요합니다.

　우리가 걸어가야 할 세상살이에서 자신을 올바르게 세우고, 남
들과 조화롭게 사는 방법을 찾기를 바랍니다. 그리고 잠시 일상에
서 벗어나 여유로운 시선으로 세상 풍경들을 바라볼 수 있게 되
기를 바랍니다.

　이 책은 희망을 품고 지혜로운 삶을 살아가길 원하는 우리들에
게 인생의 나침반이 되어줄 것입니다.

박성철

2 · 참되고 진실한 마음자리

3 · 좋은 시간 행복 예감

4 · 무지개가 뜨는 자리

1 지혜로운 나무한그루

성공을 파는 가게

어딘가에 세상의 모든 성공을 파는 가게가 있다는 말을 듣고 한 부자가 여행을 떠났습니다.

짐을 챙긴 후 많은 돈을 준비하고 꼭 성공을 사오겠다고 마음먹은 부자는 여러 도시를 돌아다녀보았지만 그 가게를 쉽게 찾을 수 없었습니다.

그러던 중 어떤 낯선 도시에서 '세상의 성공을 파는 가게' 라고 써 있는 곳을 찾을 수 있었습니다. 부자가 가게로 들어가니 종업원이 나와서 그를 친절하게 맞이했습니다.

"어떤 성공을 원하십니까? 저희 가게에는 사소한 성공, 작은 성공, 세상에서 가장 큰 성공 등이 세상 모든 종류의 성공이 다 준비되어 있습니다."

부자는 의기양양해서 큰 소리로 말했습니다.

"당연히 세상에서 가장 큰 성공이지요. 하지만 속임수를 쓸 생각일랑은 아예 그만두는 것이 좋을 거요. 값은 얼마가 되어도 좋으니 세상에서 가장 큰 성공을 주시오. 돈이라면 충분히 있으니."

종업원은 그를 아래위로 훑어보더니 말했습니다.

"저, 그런데 그게 워낙 비싸기 때문에 쉽게 살 수가 없을 텐데요."

"도대체 얼마나 비싸기에 그러는 거요. 한 번 꺼내보시오."

부자가 아무리 비싸도 꼭 사겠다는 각오로 서 있자 종업원은 정찰 가격이 붙어 있는 그 물건을 꺼내서 보여주었습니다. 그런데 가격표에는 이렇게 쓰여 있었습니다.

'세상에서 가장 큰 성공을 사려는 사람은 자신의 남은 생에서 편안함을 모두 포기해야만 한다.'

부자는 가격표를 보고 단번에 고개를 숙이고 가게를 나왔습니다. 그는 편안함을 포기하는 것만큼 성공의 크기가 커진다는 것을 알게 되었습니다.

편안함을 택한다는 것은 그나마 자신에게 있는 성공의 씨앗을 더 이상 키우지 않겠다고 포기하는 선언과 같습니다. 편안함은 자신이 서 있는 곳에 안주하는 어리석은 선택이고, 자신의 노력 여하에 따라 나아질 수 있는 미래에 대한 포기입니다. 그 이유는 편안함이 늘 나태와 게으름을 동반하기 때문입니다. 편안함은 결코 성공과 맞바꿀 수 없는 것입니다. 삶이 편안하다고 느껴질 때 어쩌면 우리 인생이 녹슬어가고 있을지도 모릅니다.

처음 만난 두 천사

어느 날 온 세상이 너무 혼탁해지고 있음을 느낀 신이 모든 천사들을 불러 모아 파티를 열었습니다. 천사들 중에는 나쁜 천사는 하나도 없고 오직 착하고 아름다운 천사들뿐이었습니다.

천사들은 함께 파티를 즐기며 인간 세상을 더욱더 맑고 깨끗하게 만들겠다고 뜻을 모으며 이런저런 이야기를 나누었습니다. 평소에도 워낙 서로가 자주 마주치는 처지였기 때문에 천사들은 모두 가까운 친척이나 친한 친구처럼 편안하게 인사를 나누고 있었습니다.

그런데 서로 이야기도 나누지 않고 눈도 마주치지 못하고 서먹서먹해 하는 두 천사가 있었습니다. 그들을 지켜보던 신은 서로를 소개시켜 주어야겠다는 생각이 들어서 한 천사의 손을 잡고 다른 천사의 앞으로 데려갔습니다.

"인사하시죠, 이분은 행복의 천사입니다. 그리고 이분은 감사의 천사입니다."

두 천사는 갑자기 너무 놀란 듯한 표정을 지었습니다.

세상이 창조된 지 오랜 시간이 지났건만 행복의 천사와 감사의 천사는 그날 처음으로 만난 것이었습니다.

어느 날 지상에 사는 인간들이 어떤 기도를 하는지 궁금해진 신이 두 천사에게 상자를 들려서 내려 보냈습니다.

그리고 한 천사에게는 상자에 사람들의 소원을 비는 기도를 담아오도록 했고, 다른 한 천사에게는 감사의 기도를 담아오게 했습니다.

얼마 후 신이 천사들이 가져온 상자를 열어보려고 하니, 사람들의 소원을 담은 상자를 가진 천사는 미소를 지었고, 감사의 기도를 담은 상자를 가진 천사는 얼굴이 일그러져 있었습니다. 그것은 소원을 담은 상자는 넘쳐나는 반면, 감사의 기도를 담은 상자는 텅 비어 있었기 때문입니다.

쉽게 사랑을 얻고 쉽게 사랑을 주는 세상이라고 하지만 그 사랑에 감사하고 행복해하는 사람은 그리 많지 않은 것 같습니다. 무엇이건 감사할 줄 모르는 삶은 불행합니다. 주위의 어떤 도움과 사랑에도 감사할 줄 모르는 사람은 마음이 가난한 사람입니다.

뿌리 깊은 나무

언뜻 보아서는 건강하고 강인하게 보이는 은행나무 한 그루가 있었습니다. 하지만 그 은행나무는 겉모습만 괜찮게 보였지 몸이 점점 쇠약해져 가고 있었습니다.

겨울이 다가와 찬바람이 강하게 불자 은행나무는 심하게 흔들리기 시작했습니다. 은행나무는 다른 나무들이 자신을 얕잡아본다고 생각하고 새로운 나뭇가지를 자라나게 하여 훨씬 더 강하고 멋있게 보이도록 꾸몄습니다.

그런데 갑자기 태풍이 몰아쳤고 은행나무는 뿌리째 흔들리기 시작했습니다. 거의 쓰러질 지경이 되었을 때 옆에 서 있던 나무가 자신의 몸에 기댈 수 있도록 도와준 덕분에 큰 화를 당하지 않을 수 있었습니다.

태풍이 그치고 바람도 잠잠해지자 그제야 은행나무는 충격에서 벗어날 수 있었습니다. 은행나무는 자신을 도와준 옆 나무에게 인사를 건넸습니다.

"고맙네. 그런데 자네는 어떻게 이런 세찬 바람 속에서도 굳건하게 자리를 잡고 있을 수 있나? 모진 태풍 속에서도 나를 도와줄 힘까지 지닌 비결이 무엇인지 가르쳐줄 수 없겠나?"

그러자 도와준 나무가 웃으며 말했습니다.

"그건 아주 간단한 일이야. 자네가 새로운 가지를 만들기 위해 온 정신을 집중시키고 있는 동안 나는 뿌리를 깊숙이 내렸다네."

"나무의 모양은 뿌리의 모양에 의해 결정된다."
키가 큰 거송은 반드시 오랜 시간 더 깊은 곳까지 뿌리를 내렸고, 몸체가 큰 은행나무는 반드시 더 폭넓은 뿌리를 가지고 있다는 사실을 아십니까? 성공이라는 목표를 향해 여기저기 옮겨 다니는 분주한 사람에게 오히려 성공은 더욱 멀어집니다. 지금 서 있는 곳에서 비바람이 몰아치든 폭풍우가 몰아치든 같은 일을 꾸준히 반복하는 우직함이 우리 삶을 근사하게 장식할 성공을 선물할 것입니다.

의미 있는 친절값

　　　　　　아들의 생일날이 되자 아버지는 아들을 데리고 장난감 가게로 갔습니다. 아들과 아버지는 가게를 돌아보며 이것저것 구경을 한 후에 장난감을 하나 골랐습니다.

"이 장난감 얼마입니까?"

그런데 그 가게의 점원은 의자에 앉아 전화로 수다를 떨면서 아버지를 한 번 힐끔 쳐다본 후에 건성으로 대답했습니다.

"2만 원이요. 깎아서 1만 7천 원까지 해드릴게요."

아버지는 그 점원을 뚫어지게 쳐다보고는 아들에게 이야기했습니다.

"애야, 그 장난감 제자리에 놔두고 어서 나가자구나."

"전 이 장난감이 마음에 드는데 왜 그러세요?"

하지만 아버지는 아랑곳하지 않고 아들의 손을 잡고 그 가게를 나온 후 가까이에 있는 다른 장난감 가게로 갔습니다. 가게를 둘러보니 마침 조금 전에 아들이 맘에 들어 했던 장난감과 똑같은 것이 있었습니다.

"그 장난감이 마음에 드시나 보죠?"

새로 들어간 가게의 점원은 아들을 따라다니며 부드러운 목소리로 각 상품의 장단점을 이야기해 주었습니다.

"그 장난감은 2만 원이랍니다. 혹시라도 장난감에 이상이 있으면 전화 주세요. 언제든지 새 상품으로 교환해 드릴게요."

점원을 유심하게 지켜보던 아버지는 아무 말 하지 않고 2만 원을 꺼내 장난감을 사고 가게를 나왔습니다. 아들은 그런 아버지의 태도가 잘 이해가 되지 않았습니다.

"아버지, 아까 가게보다 3천 원이나 비싼데 굳이 이 가게에서 장난감을 산 이유가 뭐예요?"

아버지는 환한 웃음을 지으며 대답했습니다.

"얘야, 그 장난감에는 3천 원어치의 친절값이 들어 있단다. 우린 이 가게에서 3천 원어치의 친절을 받았으니 결코 손해 본 게 아니지."

똑같은 물건이라도 친절한 가게에서 물건을 사고 싶은 게 인지상정입니다. 그와 같이 친절한 사람에게 더욱 애정과 관심이 쏠리게 마련입니다. 친절과 미소는 우리의 인생 등급을 한 단계 상승시켜 줄 것입니다. 이유는 간단합니다. 친절한 사람이 완벽한 사람보다 더 능력 있는 사람이기 때문이지요.

상처투성이 독수리

독수리 한 마리가 온갖 상처로 고민하고 아파하고 있었습니다. 도저히 안 되겠다는 생각에 낭떠러지 위에서 밑을 내려다보면서 깊은 생각에 잠겼습니다.

독수리는 여태껏 입은 상처 때문에 더 이상은 높이 날 수가 없다는 시름에 빠져 마지막으로 스스로 목숨을 끊는 길을 선택했습니다. 그 모습을 본 대장 독수리가 재빠르게 날아와 물었습니다.

"왜 자네는 그런 어리석은 일을 하려고 하는가?"

"난 늘 상처만 입고 살아요. 이렇게 살 바에야 차라리 죽는 게 나을 것 같아요."

대장 독수리는 갑자기 자신의 날개를 쫙악 펼치더니 이야기했습니다.

"나의 몸을 한번 보거라. 지금은 내가 대장 독수리지만 나 또한 젊은 시절 수많은 상처를 입고 살아왔지. 여기는 사냥꾼의 총에 맞은 상처, 여기는 다른 독수리에게 습격 받은 상처, 또 여기는 나뭇가지에 찢겨진 상처란다."

대장 독수리의 날개에는 그 외에도 수없이 많은 상처 자국이 있었습니다. 그 독수리가 고개를 숙이자 대장 독수리는 단호한 목소리로 이야기했습니다.

"이것은 나의 몸에 새겨진 상처일 뿐이지. 하지만 나의 마음엔 더 많은 상처 자국이 새겨져 있단다. 하지만 나는 그 상처 자국에도 불구하고 다시 일어서지 않으면 안 되었지. 상처 없는 독수리란 이 세상에 태어나지 않은 독수리일 뿐이니까……."

미국 테크놀리지 주식회사가 《월 스트리트 저널》에 광고를 게재했습니다. "당신은 지금까지 살아오면서 수많은 실패를 했다. 당신은 잊고 있을지 모르지만. 당신은 세상에 태어나 최초로 걷기 시작했을 때 걸핏하면 바닥에 넘어졌다. 당신이 처음으로 야구 방망이를 휘둘렀을 때 제대로 공을 맞힐 수 있었는가? 안타를 잘 치는 사람들, 가장 홈런을 많이 날리는 사람들은 스트라이크 아웃도 가장 많이 당한다. 영국의 존 크리시는 735번의 거절을 당한 끝에 564권의 책을 출판했다. 베이브 루스는 스트라이크 아웃을 1330번이나 당했지만 홈런 또한 714개를 날렸다. 실패를 두려워하지 말라. 오히려 당신이 시도조차 해보지 않고 떠나보낸 저 수많은 기회들을 두려워하라."

숨어 있는 행운

우산 손잡이와 고리를 만드는 일을 하면서 근근이 살아가는 사람이 있었습니다. 그는 항상 가난에서 벗어나지 못하는 것을 비관하며 살았습니다. 그래서 늘 절망적인 목소리로 혼잣말을 했습니다.

"내게 행운이란 놈은 절대로 찾아오지 않을 거야."

그의 집 앞에는 사과나무와 너도밤나무가 있었습니다. 사과나무는 늘 붉고 알찬 사과를 열리게 해주었지만 너도밤나무는 아무 것도 열리지 않았습니다.

어느 추운 겨울날, 바람이 많이 불어 너도밤나무의 가지가 꺾여 있었습니다. 그 부러진 가지를 그냥 버리기가 아까워 그는 작업장에서 심심풀이로 장난감 배를 몇 개 만들어 동네 아이들에게 나눠주었습니다. 아이들이 그 배를 가지고 노는 것을 본 그는 갑자기 집에 있는 꼭지가 망가진 우산이 생각났습니다. 그래서 집으로 돌아오자마자 너도밤나무로 만든 배 밑에 구멍을 뚫어 망가진 우산 꼭지에 끼워보았습니다. 꼭지는 딱 맞았고 보기에도 좋았습니다. 얼마 후 그는 재미삼아 거래처에 나무배로 만든 꼭지가 달린 우산을 보냈습니다. 그러자 거래처에서 전화가 왔습니다.

"그 우산 아이디어가 기발하다고 주문이 밀려들고 있습니다. 만드는 대로 전부 우리에게 보내주시오."

그 우산에 대해 입소문이 퍼지자 사방에서 주문이 쏟아졌고 그는 금방 부자가 되었습니다. 그는 아무 보잘것없다고 믿었던 너도밤나무 덕에 생활만 바뀐 게 아니라 그동안 품었던 생각까지도 모두 바뀌었습니다. 그는 만나는 사람들 모두에게 이렇게 말하게 되었습니다.

"너무 실망하지 말라고! 행운이란 놈은 작은 나무토막 같은 것에 숨어 있는 거야."

"우리가 순간순간을 등한시하는 것 때문에 자동차가 충돌하고, 기차가 전복되고, 비행기가 추락한다. 이것 때문에 자녀는 웃음을 그치고, 아내는 아픈 눈물을 흘리고, 친구는 냉랭해지고, 부모는 무덤에 가기까지 마음이 상한다. 이것 때문에 좋은 재능은 쓸 데 없어지고, 성공에 대한 약속이 실패로 돌아가고, 오늘의 웃음이 내일의 울음으로 변한다."

이제 우리는 살아가는 동안에 대수롭지 않게 여겼던 작은 것들 때문에 우리 앞에 놓여진 눈부신 성공이 멀어져가고 있다는 것을 깨달아야 합니다.

사랑이 필요한 순간

　　　　　　　자기 몸을 꾸미기를 좋아하고 사치가 심한 아가씨가 있었습니다.

어느 날 그녀는 백화점에서 이것저것 물건들을 사가지고 바쁘게 집으로 돌아오는 길이었습니다.

그녀가 택시를 기다리고 서 있는데 어린아이 한 명과 다리가 불편해 거의 기다시피 하는 아이의 엄마가 다가와 구걸을 했습니다. 하지만 그녀는 바쁘다는 핑계로 얼른 택시를 잡아타고 집으로 돌아왔습니다.

집으로 돌아와 짐을 정리하고 휴식을 취하고 있던 그녀는 텔레비전을 켰습니다. 때마침 불우이웃돕기 성금 모금을 하고 있었습니다. 소녀 가장의 모습이 화면에 소개되자 그녀는 소녀가 너무 불쌍하다는 생각에 눈물이 났습니다. 그녀는 이 세상이 불공평한 것에 너무 화가 났습니다.

그래서 하느님께 따지듯이 기도했습니다.

"하느님, 왜 이 세상을 이렇게 불공평하게 만드셨어요? 왜 저런 불쌍한 어린이와 아까 구걸을 하고 있던 그런 사람들을 위해 아무런 조치도 없이 이렇게 세상에 방치해 두시는 거예요?"

그 순간 하느님이 몹시 화가 난 표정으로 그녀 앞에 나타났습니다.

"뭐라고? 난 항상 무엇이든 조치를 취해 놓았다. 널 이 세상에 내려 보낸 것도 그 조치 중의 하나였다. 그런데 넌 왜 직무유기를 하고 있는 거냐!"

톨스토이는 사랑에 대해 이렇게 이야기했습니다.

"우리에게 미래의 사랑이라는 것은 없다. 사랑은 언제나 지금 일어나고 있는 활동이다. 사랑을 지금 보여주지 않는 사람은 사랑이 없는 사람이다."

우리는 때때로 우리의 도움과 우리의 사랑을 필요로 하는 사람들이 있다는 사실을 깨닫게 됩니다. 그때마다 우리는 '이 다음에는……' 하며 안타까워하지요. 하지만 사랑을 나누기에 '지금' 보다 더 좋은 시간은 없습니다. 다른 이에게 사랑을 나눠주기에는 '나' 보다 더 적합한 사람이 없습니다.

마음의 눈높이

　　　　　　교통사고로 양쪽 시력을 다 잃어버린
학생이 있었습니다. 그 학생은 삶을 비관하여 배우는 것이 무슨
소용이 있을까 하는 생각에 학교도 그만두었습니다. 하지만 결코
아이의 삶을 포기하지 않은 부모님의 설득으로 다시 맹인학교에
입학하기로 마음먹었습니다.

　학교 앞에 도착하니 교장선생님과 젊은 목소리의 선생님 한 분
이 마중을 나와 있었습니다. 교장선생님은 젊은 선생님에게 교정
과 학교 건물을 소개시켜주라고 했습니다. 젊은 선생님은 밝은 목
소리로 인사를 건넨 뒤 학생을 데리고 학교로 들어갔습니다.

　"학생, 이젠 계단을 올라가야 합니다. 계단의 층계는 모두 열다
섯 개이고 보통의 돌계단이니까 한 계단을 짚어보면 그 높이를
금방 알 수 있을 거예요. 계단을 다 올라가면 바로 오른쪽에 화단
이 있고 그 앞에 학생과 같은 친구들이 함께 뛰놀고 함께 공부하
는 교실과 운동장이 있어요. 가만히 귀기울여보면 싱그럽고 아름

다운 친구들의 목소리를 들을 수 있을 거예요. 자, 한 발 내디뎌 보세요. 혹시 무슨 일이 생길지 모르니 내 손을 학생의 팔꿈치 뒤에 대고 있겠어요. 불안하면 언제든지 내 손을 잡으세요."

너무나도 친절한 선생님의 안내에 학생은 마음이 편해짐을 느꼈습니다. 층계를 하나하나 올라갔고, 화단 앞을 지날 때는 꽃내음을 맡을 수 있었습니다. 학교를 모두 둘러본 학생은 이 학교를 꼭 다녀야겠다는 생각과 선생님께 고마운 마음이 들었습니다.

"선생님, 감사해요. 저같이 앞이 보이지 않는 사람의 마음을 정말 잘 이해해 주셔서……."

그러자 선생님이 고개를 끄덕이며 말했습니다.

"물론 이해하고말고요. 나도 앞을 보지 못하거든요."

당나라 시인 백낙천의 시에는 '비익'이라는 새가 나옵니다. 그 새는 날개가 하나만 있기 때문에 혼자서는 절대로 날 수 없다고 합니다. 두 마리가 서로 기대어 함께 날갯짓을 할 때 비로소 하나가 되어 날아오를 수 있습니다. 내가 그와 같은 눈높이를 갖지 않고서는 상대방의 참모습을 알 수 없습니다. 그를 제대로 알고자 한다면 언제나 내가 그의 한쪽 날개가 되어주는 공감의 이해가 필요합니다. 마치 하나의 날개로는 결코 날아오를 수 없는 '비익'처럼…….

험담의 주인공

연말을 맞이하여 회사를 경영하는 사업가들이 한 호텔에 모여 파티를 열기로 했습니다.

그날 파티장에는 바쁜 일정을 잠시 뒤로 하고 많은 사업가들이 참석하여 한해를 마감하며 즐겁게 시간을 보내고 있었습니다. 그러던 중 한 사업가가 바쁜 일정이 있어서 파티가 끝나기 전에 먼저 돌아가게 되었습니다.

그런데 그가 파티장에서 나가자마자 사람들은 마치 기다렸다는 듯이 그의 험담을 하기 시작했습니다. 그가 가정에 불충실하다는 둥 돈을 아무리 많이 벌어도 직원들의 복지에는 전혀 신경을 쓰지 않는다는 둥 별의별 이야기가 다 나왔습니다.

한참을 그러고 있는데 다른 약속이 있다며 빨리 가봐야 한다고 했던 한 사업가가 약속 시간이 훨씬 지났는데도 가지 않고 파티장에 계속 남아 있자 사람들이 물었습니다.

"약속 시간이 훨씬 지났는데 왜 가지 않고 여기에 계속 계시는 것입니까?"

그러자 그 사업가는 쓴웃음을 지으며 말했습니다.

"내가 어떻게 갈 수 있겠습니까? 지금 이 자리를 떠나면 그 험담의 주인공이 당장 나로 바뀔 텐데!"

험담을 나누던 사업가들은 멋쩍은 표정으로 아무 말도 못하고 그를 피해 다른 자리로 옮겨갔습니다.

『탈무드』에는 이런 말이 있습니다.

"험담은 살인보다 더 위험하다. 살인은 한 사람만을 죽이지만 험담은 반드시 세 사람을 죽인다. 험담을 퍼뜨리는 사람, 그것을 부정하지 않고 듣고 있는 사람, 그리고 험담의 주인공이 되고 있는 사람이다."

남을 험담하는 사람은 어쩌면 무기로 위협하는 사람보다 더 나쁜 사람일지도 모릅니다. 무기를 든 사람은 주위 사람들만 위협하지만 험담은 아무리 멀리 떨어져 있는 사람이라 할지라도 깊은 상처를 주기 때문입니다.

욕심이 부른 화

이 세상 모든 사람들에게 존경을 받는 현자가 있었습니다. 그는 나라의 대통령까지도 단 하나밖에 없는 스승으로 모시고 있는 사람이었습니다.

어느 날 마을 사람들이 현자에게 부탁이 있다며 찾아왔습니다.

"대통령께 찾아가 우리들의 소원을 들어달라고 해주십시오. 우리 마을에는 학교도 병원도 없습니다. 당신이 대통령께 부탁하여 학교와 병원을 지어주십시오. 당신의 요구라면 대통령께서도 절대로 거절하지 못하실 것입니다."

현자는 가난하고 교육도 받아본 적이 없는 마을 사람들의 사정이 하도 딱해서 그러겠다고 승낙했습니다.

다음 날 현자는 대통령을 찾아갔습니다. 때마침 대통령은 아침 명상에 잠겨 있었습니다. 명상을 방해하지 않기 위해 밖에서 기다리던 현자는 대통령이 마지막에 기도하는 말을 들었습니다.

"신이시여, 저희 나라를 더욱 잘 살게 해주십시오."

현자는 그 말을 듣고 그냥 그곳에서 나와 버렸습니다. 대통령은 기도를 끝내고 문 쪽을 보다가 현자가 사라지는 모습을 보고 달려가 왜 자신을 만나지 않고 그냥 가시느냐고 물었습니다. 스승은 뒤를 돌아보며 말했습니다.

"저는 대통령을 만나러 이곳에 왔습니다. 하지만 저는 이곳에서 한 명의 욕심 많은 사람을 만났습니다. 실은 한 가지 부탁을 하러 왔지만 대통령께서 신에게 구걸하는 것을 보았으니 저도 신께 부탁을 하면 될 것 같군요."

힘없이 집으로 돌아온 현자는 일기장에 이런 글을 남겼습니다.

'오늘 나는 다시 깨달았다. 인간이란 무엇을 가지고 있건 안 가지고 있건 별 차이가 없음을……. 왜냐하면 인간의 마음이란 언제나 계속해서 더 많은 것을 요구하기 때문이다.'

톨스토이의 소설 『사람은 어느 정도 땅이 필요한가』에서 주인공이 땅을 많이 소유하고 있는 부족을 찾아갑니다. 그 부족장은 주인공에게 하루 종일 걸어서 해가 지기 전까지 제자리로 돌아오면 걸어갔던 그만큼 땅을 공짜로 주겠다고 약속합니다. 땅 욕심으로 가득 찬 주인공은 최대한 빠른 속도로 먼 곳까지 갔다가 되돌아왔지만, 막상 출발점에 다시 도착했을 때는 너무 숨이 차서 결국 죽고 말았습니다. 하나를 가지면 다시 또 하나를 더 가지고 싶은 사람의 욕심, 만족을 모르고 끝 간 데 없이 치닫기만 하는 사람의 욕심에서 세상의 모든 비극은 시작됩니다.

진정한 부자

한 마을에 큰 부자가 살고 있었습니다. 그는 아버지로부터 많은 땅과 돈을 물려받았기에 풍요롭게 성장해서 오늘에 이르렀습니다.

그의 기와집 바로 옆에는 초라한 집 한 채가 있었습니다. 가난한 그 집주인은 평소 재물에 대해 별 관심이 없었지만 항상 여유로운 사람이었습니다.

부자는 늘 그 사람을 비웃었습니다.

'가진 것도 없고 벼슬도 사양하고 내려왔다면서 뭐가 저렇게 좋은 거야? 자기 식구도 배부르게 먹이지 못하면서 마을 사람들에게 곡식을 나눠주는 꼴이란!'

부자는 자기 집 창고에 쌀이 몇 백 석이나 쌓여 있어도 어려운 마을 사람들에게 단 한 번도 나누어준 적이 없었기에 못사는 그가 베푸는 척하는 모습이 아니꼬웠습니다. 부자에게는 날마다 창고를 열어 쌀이 몇 가마가 늘었는지 세어보는 것이 하루의 낙이었습니다.

　그러던 어느 날 서당에서 돌아온 그의 아들이 물었습니다.

　"아버지, 우리 부자 맞죠?"

　"그럼, 인근 마을에서 우리 집이 제일 부자지. 그런데 갑자기 그건 왜 묻는 것이냐?"

　"제 생각엔 우리 옆집이 더 부자인 것 같아서요."

　"그게 무슨 엉뚱한 소리냐? 네 눈엔 그 초가집이 다 무너져가는 것도 보이지 않느냐?"

　"그래도 그 집 아이는 자기 집은 늘 천국처럼 좋은 일만 있다고 하던데요?"

　부자는 기가 차서 말도 잘 나오지 않았습니다.

　"그 애 옷을 한 번 보렴. 항상 다 떨어져 기운 옷만 입고 다니지 않냐."

　"저도 물어봤지요. 그랬더니 그 애는 오히려 자기 엄마의 정성이 깃든 옷이라 제 옷보다 더 튼튼하다고 자랑하던데요."

　"그럼 이 녀석아, 우리 집 창고를 보거라. 얼마나 귀중한 것이 많느냐. 쌀섬도 헤아리지 못할 만큼 많잖아. 그런데 그 집은 끼니를 거르는 적도 있고 그나마 조금 있는 쌀도 남한테 다 줘버리잖아."

　하지만 잠시 후 아들의 또랑또랑한 말은 부자를 부끄럽게 만들었습니다.

"제 말이 바로 그 말이에요. 우리 집은 쌀이 그렇게 많아도 남에게 줄 쌀이 한 톨도 없는데 그 집은 창고에 쌀이 거의 없어도 항상 남에게 줄 쌀이 있잖아요. 그러니 우리 집이 부자가 맞는지 궁금하다는 거예요."

나눔은 반드시 가진 것이 많아야만 할 수 있는 것은 아닙니다. 나눔은 나누고자 하는 마음만 있으면 충분히 가능한 일입니다. 나눔에 있어서 많고 적음의 양은 결코 중요하지 않습니다. 가진 재물이 없다면 상대방의 이야기를 열심히 들어주는 것도 작은 나눔이 된다는 사실을 잊어서는 안 됩니다. 지금 우리에게 부족한 것은 적게 가지고 있음이 아니라 나누고자 하는 마음일지도 모릅니다.

잃어버린 보물

어느 나라에 절대 권력을 가진 왕이 살고 있었습니다. 그런데 그만 그 나라의 왕세자가 큰 실수를 저질러 왕의 노여움을 사게 되었고 그의 아내인 세자빈과 함께 성에서 쫓겨나 깊은 산속에 숨어 살게 되었습니다.

왕세자와 세자빈은 사랑과 서로에 대한 깊은 믿음이 있었기에 나무 열매와 산짐승을 잡아먹는 빈곤한 생활에도 불평 없이 살아갈 수 있었습니다.

하지만 겨울이 되자 먹을 것이 점점 떨어져 갔고 사냥을 나간 왕세자는 겨우 토끼 한 마리를 잡아왔습니다. 오랜만에 먹을 것이 생겨 너무 기뻐하던 세자빈은 토끼를 넣은 솥에 물을 부어 불을 땠습니다.

그런데 고기가 채 익기도 전에 물이 다 졸아버려 세자빈은 물을 뜨러 갔습니다. 그녀가 물동이를 이고 먼 개울가로 간 사이에 배고픔을 견디지 못한 왕세자는 설익은 고기를 몰래 다 먹어버리고 말았습니다.

이윽고 집으로 돌아와 솥을 열어본 세자빈은 깜짝 놀랐습니다.

"이게 어찌된 일이에요? 토끼가 없어졌어요!"

왕세자는 텅 빈 솥을 보고 놀란 세자빈에게 천연덕스럽게 거짓말을 둘러댔습니다.

"아, 그 토끼 말이오? 당신이 없는 사이 그놈의 토끼가 밖으로 도망쳤지 뭐요."

"반쯤 익은 토끼가 어떻게······."

"누가 아니라오. 정말 귀신 곡할 노릇이라니까!"

세자빈은 더 이상 아무 말도 하지 않고 집안으로 들어갔습니다. 그리고 그날 이후로 이상하게도 그녀의 얼굴에서는 웃음이 사라졌습니다.

어느덧 세월이 흘러 선왕이 세상을 떠나자 신하들은 수소문 끝에 그들을 찾아왔고, 우여곡절 끝에 왕세자는 왕위에 오르게 되었습니다.

국왕은 그 동안 고생한 왕비를 위해 온갖 아름다운 보석과 귀한 음식을 다 구해다 주었습니다. 그런데도 그녀는 여전히 미소 한 번 짓지 않았습니다.

"산속에서는 어렵고 힘들어서 그렇다고 이해했지만, 지금은 온갖 좋은 것들을 다 가질 수 있는데 왜 한 번도 웃지 않는 거요?"

국왕의 물음에 왕비는 냉정한 얼굴로 말했습니다.

"그때 달아난 토끼와 함께 우리의 사랑과 믿음도 함께 달아났답니다."

사랑하는 것의 다른 말은 바로 믿는다는 것입니다. 믿음이 하나하나 쌓여 사랑이라는 탑을 이루게 되는 것입니다. 하지만 그렇게 수백 수천의 작은 믿음들이 쌓여 거대한 사랑을 이루는 데는 오랜 시간이 걸리지만, 그 사랑이 무너져 버리는 것은 너무나 짧은 시간입니다. 수천 개의 믿음이라는 돌 중에서 하나의 돌만 빼내어도 사랑의 탑은 단숨에 무너지고 맙니다.
"믿음은 거울의 유리와도 같아서 한 번 금이 가면 원래대로 되지 않는다."

마음이 가는 길

어느 학교의 철학과에 다니는 두 학생이 심하게 다투고 있었습니다. 평소에도 사이가 좋지 않아 곧잘 다투던 두 사람이었습니다.

그날은 바람이 많이 불던 날이었는데 철학과 학생들답게 특이한 문제로 논쟁이 붙었습니다. 두 사람은 은행나무 아래 벤치에 앉아 있었는데 세차게 불어오는 바람 때문에 은행나무의 가지가 흔들리자 그 중 한 학생이 말했습니다.

"바람이 세차게 부니까 나뭇가지가 움직이는구나."

이때다 싶어 옆에 앉아 있던 친구가 반박을 했습니다.

"넌 그것도 모르니? 나뭇가지가 움직이는 게 아니라 바람이 움직이는 거라고."

"무슨 소리! 그건 바람이 움직이는 게 아니라 나뭇가지가 움직이는 거야, 이 친구야."

서로 양보 없이 말꼬리를 잡고 자신이 옳다고 우겨대기 시작했습니다. 그러자 같이 벤치에 앉아 있던 다른 친구들까지 그 논쟁에 가세했습니다.

"나뭇가지가 움직이는 거야!"

"아냐, 바람이 움직이는 거라고!"

강의 시간이 다 되었는데도 말다툼은 그치지 않았고 급기야 언성이 높아진 채로 강의실에 들어가게 되었습니다. 철학과 교수가 그 모습을 보고 자초지종을 물었고 두 학생은 서로가 옳다며 시비를 가려달라고 했습니다. 그러자 교수는 이렇게 말했습니다.

"나뭇가지가 움직이건 바람이 움직이건 그건 살아가는 데 별 중요한 일이 아니다. 우리가 삶에서 중요시 여겨야 할 것이 있다면 그것은 지금 자네들처럼 자신만 옳다고 목소리 높이는 마음의 움직임이지. 그 바람이 너무 세면 사람들에게 상처를 주기 십상이지. 중요한 것은 언제나 자신의 마음이 어느 방향으로 부는지 잘 헤아려보는 일이지."

사랑의 처음은 타인의 처지를 충분히 이해하는 것입니다. 타인의 처지를 충분히 이해하는 방법은 상대방의 이야기에 귀 기울이는 것입니다. "날카로운 말은 외과의사도 치료하기 힘든 상처를 낸다."는 말처럼 비난은 상대방의 말을 충분히 들어본 이후, 그와 같은 처지에 서 보고 난 이후에 해도 늦지 않습니다.

구원의 손길

　　　　　　　한 마부가 수레에 무거운 짐을 싣고 길
을 떠났습니다. 저녁까지 아랫마을에 도착해야 했기 때문에 마부
는 길을 서둘렀습니다.

　그런데 언덕길에 겨우 다다랐을 무렵, 수레바퀴가 진흙구덩이
속에 빠져 아무리 움직이려 해도 꼼짝달싹하지 않는 일을 당하고
말았습니다.

　"이거 큰일 났구나."

　마부는 털썩 주저앉아 멍하니 수레를 바라보다가 갑자기 좋은
생각이 떠올랐습니다.

　"그렇지! 힘이 센 헤라클레스 신에게 부탁해 보자."

　마부는 그 자리에 엎드려 절을 하고 두 손을 모아 빌기 시작했
습니다.

　"인자하고 힘센 신이시여, 부디 저의 부탁을 들어주십시오. 저
의 마차가 지금 진흙 속에 빠져 꼼짝도 못하고 있으니 신께서 도

외주십시오. 신께서 조금만 도와주시면 이깟 수레쯤이야 금방 진흙 속에서 나올 수 있지 않습니까?'

마부는 아무 일도 하지 않은 채 시간이 가는 줄도 모르고 마냥 빌기만 했습니다.

얼마 후 정말로 헤라클레스 신이 나타나 놀란 마부를 바라보며 엄숙히 이야기했습니다.

"우선 네 몸에 있는 힘을 다하여 수레를 밀어보아라. 말에게 채찍질도 해보고, 아무튼 네가 할 수 있는 모든 방법을 다 시도해 보아라. 만일 그래도 되지 않을 때 내 이름을 불러라. 너는 손 하나 까딱하지 않으면서 다른 이에게 도움을 청한다면 나를 비롯해서 아무도 너를 도와주지 않을 것이다."

구원은 우리가 그 문제에 열중할 때 해결의 길이 열리는 것이지, 가만히 앉아서 부른다고 다가오는 기적이 아닙니다. 구원을 원한다면 바로 지금 자신이 바라고 원하는 바를 실천하고 땀을 흘려야 하는 것입니다. 기적을 일으키는 힘은 다름 아닌 우리 자신에게 있습니다. 우리 스스로 지옥을 만들 수도 있고 구원의 천국을 만들 수도 있습니다.

누군가의 빛이 되어

               육지와 멀리 떨어져 있는 섬이 있었습니다. 밤이고 낮이고 홀로 있는 섬은 무척이나 외로운 존재처럼 보였습니다.

어느 날 외롭게 떨어져 있는 섬을 불쌍하게 여긴 한 사람이 애처로운 마음이 들어 섬에게 다가와 물어보았습니다.

"섬아, 너 혼자서 외롭지 않니?"

"아니, 나는 외롭지 않아. 왜냐하면 바닷물이 저렇게 출렁대며 날 반기고 있으니까. 날마다 험한 파도와 서로 몸을 맞댄 채 이야기를 나누고 있으면 외로워할 겨를도 없어."

그는 섬의 말을 충분히 알아들었다는 듯이 고개를 끄덕였습니다. 그는 집으로 돌아가다가 하늘을 올려다보았습니다. 밤하늘에 떠 있는 달과 별이 그 누구보다도 쓸쓸한 것같이 느껴져 살짝 물어보았습니다.

"달아, 너는 쓸쓸하지 않니?"

달은 빙그레 웃으며 말했습니다.

"나는 쓸쓸하지 않아. 이 세상사람 모두가 나를 쳐다보고 있는 것을 느끼거든. 그들에게 달빛을 보내줘야 하기 때문에 나는 밤이 되면 무척 바빠. 사람들이 내 빛을 친구 삼아 집으로 돌아가는 것을 보면 너무 행복해."

그는 다시 별에게 물어보았습니다.

"별아, 너도 쓸쓸하지 않니?"

별도 빙그레 웃으며 말했습니다.

"나도 하나도 쓸쓸하지 않아. 연인들이 내가 보내주는 별빛을 쳐다보며 사랑을 속삭일 때면 너무 행복해. 이름모를 누군가에게 무엇을 줄 수 있다는 건 정말 행복한 일이야."

『보물섬』의 작가 로버트 루이스 스티븐슨은 어린 시절의 기억들을 잊지 않고 늘 회고했습니다. 그는 어렸을 때 가로등지기 할아버지가 어둠이 내릴 무렵이면 동네를 한 바퀴 돌면서 거리에 있는 기름등잔에 하나씩 불을 밝히는 것을 보았습니다. 그는 만나는 사람들에게 이런 질문을 던졌습니다. "가로등지기 할아버지에 대한 기억은, 언제나 그가 자신의 등 뒤로 찬란한 불빛을 남기고 사라지는 모습입니다. 당신은 살아오는 동안 자신이 걸어온 길 뒤로, 또는 자신의 주위를 얼마나 밝혀주는 불빛이었습니까?"

의심 많은 아버지

어느 날 아버지와 아들이 오랜만에 농구 경기장을 찾았습니다. 아들이 결혼하여 멀리 떨어져 살게 된 이후에 처음으로 함께 농구경기를 구경하기로 했던 것입니다.

농구 경기장에 도착하니 많은 인파로 경기장 주변은 무척 혼잡했습니다. 아버지는 혹시나 하는 생각에 바지 뒷주머니에 있던 지갑을 자신의 양복 안주머니에 옮겼습니다.

그것을 보고 있던 아들이 이상하다는 듯이 고개를 갸우뚱하며 물었습니다.

"아버지, 왜 지갑을 안주머니에 옮기시는 거예요?"

늘 사람들이 많고 혼잡한 도시에 살았기 때문에 도난 사고를 많이 겪었던 아버지가 대답했습니다.

"응, 이렇게 사람이 많은데 혹시라도 누군가가 내 지갑을 훔쳐 갈지 모르잖니. 이럴 땐 안주머니가 제일 안전한 법이야. 내 지갑엔 중요한 것들이 많이 들어 있거든."

하지만 아들은 아버지의 행동을 도저히 이해할 수 없었습니다. 결혼하여 이사한 이후로 늘 조용하고 인심 좋은 이웃들이 모여 사는 곳에서 살았던 아들은 아버지의 의심에 동의할 수 없다는 듯 심각하게 말했습니다.

"아버지, 도대체 누가 지갑을 훔쳐간단 말이에요? 사람들이 얼마나 친절하고 착한데요."

그러나 아버지는 도저히 아들의 말을 이해할 수 없었습니다. 세상에 믿을 사람이 누가 있다고…… 아버지는 지갑을 넣은 양복 안주머니를 단단히 여몄습니다.

"의심은 방해물을 보지만 믿음은 길을 본다. 의심은 한 걸음 내딛는 것을 두려워하지만 믿음은 높이 날아오른다. 의심은 '누가 하지?' 라고 묻지만 믿음은 '내가 해야지.' 라고 대답한다."

서둘러 자신의 마음밭에 믿음의 씨앗을 뿌리세요. '의심' 이라는 잡초는 우리가 한눈을 파는 사이 시도 때도 없이 자라납니다. 설령 당신이 '의심' 동 '불신' 번지에서 태어났다 해도 자신의 환경을 탓하지 말고 서둘러 의심의 잡초를 가슴에서 뽑아버리세요. 의심의 잡초를 뽑아내면 별 노력 없이도 저절로 '믿음' 이라는 푸른 새싹이 자라나는 법이니까요.

날마다 크리스마스처럼

어느 봉사 단체의 회원들이 크리스마스를 맞아 야유회를 떠났습니다.

그날따라 하늘에는 함박눈이 내리고 있었고 회원들이 다 참석해 분위기가 한층 고조되었습니다. 회원들은 오래간만에 바깥나들이를 한 덕분에 다들 기분이 들떠서, 눈사람을 만들고 눈싸움도 하면서 신나게 놀았습니다.

어느덧 점심시간이 다가왔고 모든 회원들이 한 자리에 모여 식사를 하게 되었습니다. 그때 회원 중 한 명이 제일 연장자인 한 여성회원에게 말했습니다.

"회원님이 대표로, 오늘 이 기쁜 크리스마스 날을 맞아 아기 예수 탄생 기도를 해주세요."

그러자 그 여성회원은 옆에 앉아 있는 다른 회원들에게 이렇게 말했습니다.

"오늘이 수요일 맞죠? 그럼 저는 크리스마스 대신에 오늘 이 수

요일을 하느님과 함께 축하하고 싶군요."

그 여성회원은 누구보다도 독실한 기독교 신자이며, 교회에서 전도사까지 지낸 분이었습니다. 그녀의 갑작스러운 말에 회원들은 이해할 수 없다는 표정들을 지었습니다. 회원들의 표정이 이상하다는 것을 눈치 챈 그녀는 이렇게 말했습니다.

"지금은 '오늘'이 아니라 '크리스마스'를 축하하는 사람들로 온 세상이 떠들썩해 있습니다. 여기 야유회에 모이신 회원 분들도 마찬가지구요. 그런데 잘 생각해 보세요. '크리스마스'를 즐거워하는 분들은 하루만 즐거운 사람들입니다. 하지만 '오늘'을 즐거워하고 소중히 여길 줄 아는 사람들에게는 날마다 크리스마스입니다."

우리의 인생에서 가장 소중한 것은 바로 오늘입니다. 우리가 무심히 흘려보내는 바로 오늘이 우리 인생에 있어 가장 눈부신 날입니다. 비록 지금은 그 의미를 제대로 느끼지 못한다 해도, 오늘이 바로 우리 생애에서 최고의 날일지도 모릅니다. 오늘 어떤 마음을 먹고 하루를 시작하고 매 시간 어떻게 충실히 보내느냐에 따라서 우리의 인생이 달라지는 것입니다. 매일매일 행복한 날이 되느냐 아니면 매일매일 불행한 날이 되느냐는 선택의 길에 우리는 서 있습니다.

작은 미소의 봉사

깊은 바다 밑의 산호마을은 언제나 밝고 평화로운 곳이었습니다.

그런데 언제부터인가 산호마을에 침울한 그늘이 드리워지기 시작했습니다. 그래서 이곳에 사는 물고기들이 함께 그 원인을 조사해 보니, 자기들이 얼굴을 찌푸리고 다니는 것이 마을 전체를 침울하게 만든다는 것을 알게 되었습니다.

하루는 문어가 명태에게 물었습니다.

"넌 왜 요즘 웃음을 잃고 있니?"

"글쎄, 장어가 인상을 쓰고 다니잖아."

그래서 문어는 장어를 찾아가 다시 물었습니다.

"장어야, 너는 왜 웃음을 잃고 있는 거니?"

"갈치가 그러잖아."

문어는 이렇게 계속 물어물어 결국은 새끼우렁이가 산호마을에서 첫 번째로 얼굴을 찡그리고 다녔다는 것을 밝혀냈습니다.

"우렁아, 너 요즘 우울하니?"

문어가 묻자 새끼우렁이는 펄쩍 뛰면서 이야기했습니다.

"저는 그런 적이 없어요. 제 얼굴이 그렇게 보였을지 모르지만……."

그러자 문어가 새끼우렁이를 타일렀습니다.

"네가 고민이 있어 얼굴에 나타나는 것일지도 모르지. 하지만 공동체에서는 하나의 표정이 금방 옆에 있는 이에게 전염되는 거야. 한 송이 꽃같이 싱싱한 얼굴빛은 여럿을 밝게 하지만, 우울한 얼굴은 금방 전체를 어둡게 하고 마는 거야. 우리 산호마을을 다시 밝게 만드는 것은 바로 너의 작은 미소에서부터 시작되는 것이란다."

웃는 얼굴과 찡그린 얼굴의 공통점은 바로 전염성입니다. 하지만 두 얼굴의 전혀 다른 점은, 웃는 얼굴은 행복을 전염하는 반면 찡그린 얼굴은 불행을 전염한다는 사실입니다. 웃는 얼굴을 가진 사람을 보면 주위 사람들 또한 한결 밝은 마음이 되지만, 하루 종일 우울한 얼굴을 하는 사람을 보면 자신은 말할 것도 없고 주위에 있는 사람들까지 우울하고 불안해지게 됩니다. 생각해 보세요. 나 하나가 밝은 마음, 웃는 얼굴일 때 주위의 사람 또한 기분이 좋아지고 한층 밝아진다면 이보다 더 좋은 봉사가 어디 있겠습니까?

눈먼 소년의 연날리기

어느 마을에 한 눈먼 소년이 살고 있었습니다. 하루는 소년과 동네 친구들이 함께 모여 하늘 높이 연날리기를 하고 있었습니다. 소년은 마치 두 눈이 보여서 자신의 방패연을 잘 조종하는 것처럼 보였습니다.

지나가던 행인이 이 광경을 보고 의아해하며 소년에게 물었습니다.

"얘야, 넌 너의 방패연이 어디쯤에 있는지 알고 있니? 땅에 떨어졌는지 아니면 하늘 높이 날고 있는지 네 눈이 보이지 않으니 알 수 없잖니?"

그러자 소년은 주저하지 않고 자신 있는 목소리로 말했습니다.

"아저씨, 무슨 말씀을 하시는 거예요? 제 방패연은 지금 하늘 높이 떠 있잖아요."

"그래, 너는 눈이 보이지 않는데 어떻게 그것을 알 수 있느냐?"

행인이 다시 묻자 소년은 확실하게 대답했습니다.

"그래요, 전 볼 수는 없어요. 하지만 이 줄을 팽팽하게 당겨보면 방패연이 하늘 저 높은 곳에 떠 있다는 것을 믿을 수 있게 해준답니다."

소년은 자신의 말을 증명해 보이기라도 하려는 듯이 연줄을 풀어서 더 높이 방패연을 날아오르게 했습니다.

눈먼 소년은 팽팽한 연줄만 손에 잡고 있는 것이 아니라 자신을 강하게 잡아주고 있는 마음속 믿음의 줄을 함께 쥐고 있었던 것입니다.

어느 날 불신이 찾아와 문을 두드렸습니다. 그러자 주인인 믿음이 나와서 "여기는 당신이 찾는 사람이 살 수 없습니다."라고 단호하게 말했습니다. 그 말이 끝나기도 전에 이미 불신은 저 멀리 어디론가 사라져버렸습니다. 우리 인생에서 믿음의 힘은 강력합니다. 믿음은 그 어떤 고난과 위험 속에서도 결코 쓰러지거나 삶을 포기하지 않습니다. 당신의 가슴속에는 지금 불신이 주인입니까 아니면 믿음이 주인입니까?

휘파람 소리

경기가 호전되면서 제품 주문이 밀려 드는 공장이 있었습니다. 공장이 바빠지면서 주문 기일을 맞추기 위해 전 직원이 밤샘 작업도 마다하지 않았습니다.

하지만 그래도 일손이 달리자 사장은 결국 아르바이트 직원을 모집했습니다.

어느덧 하루의 일과가 끝나고 두 명의 아르바이트 직원들에게 그날의 일당이 지급되었습니다. 그런데 이상한 점은 똑같은 시간에 똑같은 일을 했음에도 불구하고 두 아르바이트 직원이 각각 다른 액수의 일당을 받았다는 것이었습니다.

사장의 불합리한 결정에 적은 일당을 받은 아르바이트 직원은 당연히 화가 났고 급기야 이렇게 불만을 터뜨렸습니다.

"똑같이 일했는데 저 사람에게는 저렇게 일당을 많이 주고 내게는 왜 이렇게 적게 주는 것입니까?"

그러자 사장은 아주 당연한 듯이 고개를 끄덕이며 대답했습니다.

　"그야 당연하지 않나요? 저 사람은 일하는 내내 휘파람을 불었는데, 당신의 휘파람 소리는 끝까지 들리지 않았으니까요."

우리는 인생이라는 드라마에 아직 능숙하지 못합니다. 타고난 재능도 없고 능숙하게 모든 일을 처리할 수 있는 능력도 지혜도 부족합니다.
하지만 서투른 인생 드라마를 만들어가는 과정에는 한 가지 원칙이 있습니다. 우리가 삶에서 마주치는 작은 일 하나에도 애정을 가진다면, 삶의 장면 장면마다 가장 가치 있는 그 무엇을 우리에게 선물해 준다는 것입니다. 지금 내 앞에 닥친 일을 휘파람 불어가며 신명나게 해간다면 우리의 삶은 보다 활기를 띠게 될 것입니다.

어부가 선택한 삶

어느 날 대단한 재력을 모은 한 사업가가 바닷가를 지나던 중 배 옆에 드러누운 채 노래를 흥얼거리며 놀고 있는 어부를 보게 되었습니다. 태평하게 놀고 있는 어부의 모습을 본 부자는 어처구니가 없다는 듯이 말했습니다.

"이보시오 어부 양반, 왜 고기잡이를 나가지 않고 놀고 있는 것입니까?"

"오늘 몫의 물고기는 이미 넉넉하게 잡아놓았으니까요."

"그러면 필요한 것보다 더 많이 잡으면 되잖습니까?"

"그래서 뭣하게요?"

"그러면 물고기를 팔아서 돈을 더 벌 수 있잖습니까?"

"돈을 더 벌면 뭣하게요?"

"그 돈으로 지금 당신의 배보다 더 좋은 배도 살 수 있고, 그러면 물고기가 많은 깊은 바다까지 나가 그물질을 해서 돈을 더 많이 벌 수 있지요. 그 돈으로 더 좋은 그물을 사고 더 많은 배를 거느리게 될지도 모르는 일 아닙니까? 그렇게 되면 당신도 나처럼 커다란 부자가 될 수도 있지 않습니까?"

사업가의 말을 듣고 있던 어부가 이렇게 되물었습니다.

"그러고 난 후에는 무엇을 하죠?"

"그야, 편안히 당신의 삶을 즐길 수 있는 것이지요."

그러자 어부는 흐뭇한 미소를 지으며 말했습니다.

"당신은 지금 내가 무엇을 하고 있다고 생각하십니까? 나는 이미 내 삶을 충분히 즐기고 있습니다."

인생은 신이 우리 각자에게 내려준 단 한 장의 초대권이라고 할 수 있습니다. 이 초대권은 결코 망가뜨려서는 안 되고, 각자가 소중하게 사용해야 하는 것입니다. 그런데 타인이 가지고 있는 초대권이 자신이 보기에는 예쁘지 않다고 해서 자기 마음대로 구기거나 내동댕이치려 한다면 얼마나 어리석은 일입니까?

나와 같은 초대권이 아니라도 충분히 의미 있고 소중한 인생이며, 우리는 각자 자신에게 주어진 단 한 장의 초대권을 아름답게 만들어가야 합니다.

장미와 소나무

어느 집 정원에 장미와 소나무가 함께 살고 있었습니다.

눈부시게 아름다운 꽃을 피우고 서 있던 장미는 꽃 중에서 가장 아름다운 꽃은 바로 자신이라며 자기보다 더 예쁜 꽃은 세상에 없을 거라고 연방 자랑을 해댔습니다.

그러던 어느 날, 하루는 장미가 너무도 심심하던 차에 소나무를 놀리기 시작했습니다.

"너는 키만 길쭉하게 커가지고 생긴 게 그게 뭐니? 아휴, 저 잎 좀 봐, 뾰족뾰족해 가지고는…… 그게 어디 고슴도치 털이지 잎이니? 너 같은 애하고 같이 산다는 게 부끄러워."

하지만 소나무는 장미의 핀잔에 일일이 대꾸하지 않았습니다.

그날 밤에 갑자기 폭풍우가 몰아쳤습니다. 세찬 비바람에 장미는 견디지 못하고, 꽃잎은 갈기갈기 찢어져 사방으로 흩어지고 가지들은 보기 흉하게 부러져 버렸습니다.

다음날 새벽이 되어서야 겨우 비바람이 멈추었습니다. 아침이 되자 언제 폭풍우가 몰아쳤냐는 듯이 따뜻한 햇살이 정원에 가득 찼습니다. 소나무는 햇빛을 받고 더욱 파릇한 잎을 빛내며 서 있었습니다. 소나무는 흉한 모습으로 변한 장미에게 한마디 건넸습니다.

"가련하구나! 다시 일어설 수 있겠니?"

인간을 흙과 물로 만든 것이 프로메테우스라는 전설이 있습니다. 이런 프로메테우스 신이 인간을 포함하여 동물을 창조하였을 때 동물의 목에다 두 개의 자루를 매달아 놓았다고 합니다. 앞쪽 자루에는 다른 동물들의 결점을 채워 넣고 뒤쪽의 자루에는 그들 자신의 결점을 채웠다는 것입니다. 그래서 그런지 동물들은, 그 중에서 특히 인간들은 자신의 결점은 보지 못하고 남의 결점만 더 자세히 더 크게 보게 되는 어리석음을 지금까지도 고치지 못하고 있나 봅니다.

머리를 숙여야 할 때

미국의 정치가 벤자민 프랭클린이 젊었을 때의 일입니다.

어느 날 이웃 마을에 있는 친구의 집에 놀러가게 되었습니다. 오랜만에 만난 친구인지라 오랫동안 이야기를 나누다, 해가 지기 전에 집으로 가기 위해 자리에서 일어났습니다. 친구는 그에게 지름길을 알려주며 그 길로 가라고 했습니다.

그는 한 번도 가본 적이 없는 길이었지만 친구의 말을 믿고 그 길을 따라 계속해서 걸어갔습니다. 한참을 걷다 보니 먼 곳에 지붕이 유난히 낮아 보이는 집 한 채가 보였습니다.

프랭클린은 그 집에서 물을 얻어 마시려고 대문을 열려고 하는데 어디선가 고함 소리가 들려왔습니다.

"젊은이, 조심하게!"

그 순간 프랭클린은 처마에 머리를 부딪쳤습니다. 프랭클린이 아픈 머리를 만지작거리자 주인 노인이 다가와 말했습니다.

"내가 조심하라고 했지 않나. 이번뿐만이 아니라 세상을 살아가다 보면 머리를 숙여야 할 때가 자주 있다네. 그럴 때일수록 더욱 공손하게 머리를 숙이게나. 그러다 보면 무엇에든 부딪치는 일이 훨씬 줄어들 거네."

프랭클린은 그날 노인으로부터 겸손의 의미를 배웠습니다. 그는 노인의 말을 평생 잊지 않고 삶의 교훈으로 삼았습니다.

머리를 너무 높이 들지 마세요. 세상으로 향하는 출입구는 당신이 생각하는 것보다 훨씬 낮은 법입니다. 겸손하고 또 겸손하세요. 머리를 숙이고 겸손을 보여줌으로써 당신은 사람들에게 더욱 인정받고 대접받게 될 것입니다. 당신이 힘들이지 않고 돈 들이지 않고 사람의 마음을 움직이는 방법은 오직 한 가지, 바로 '겸손' 뿐입니다.

연못에 사는 올챙이

깊은 숲 속 연못에 올챙이가 살고 있었습니다. 혼자서 넓은 연못 속을 살랑살랑 헤엄쳐 다니는 올챙이는 자기가 이 세상에 일어나는 모든 일을 다 알고 있다고 굳게 믿고 있었습니다.

어느 날 우연히 올챙이는 더러운 파리를 잡아먹고 사는 개구리를 보게 되었습니다. 올챙이는 덩치가 커다란 개구리가 이리 뛰고 저리 뛰며 파리를 쫓는 것을 보고 난 후 개구리만큼 바보 같은 놈도 세상에 없을 거라고 생각하게 되었습니다.

"저 녀석들이 펄쩍펄쩍 뛰는 꼬락서니는 정말 우습단 말이야. 아무것도 할 수 없을 것 같은 저 게슴츠레한 눈은 또 어떻고!"

올챙이는 개구리가 듣거나 말거나 신경 쓰지 않고 계속 개구리의 험담을 늘어놓았습니다.

"더구나 저 불균형한 앞다리와 뒷다리는 또 얼마나 꼴불견이람. 그나마 쓸 만한 것은 개굴개굴 울어대는 합창소리뿐이지. 그

것만은 내가 인정해 주지."

그 말을 들은 개구리는 속으로는 어이가 없었지만 짐짓 무덤덤한 표정으로 말했습니다.

"조그만 올챙아, 너도 곧 발이 생겨날 테니 두고 보렴. 그때 가서 우리 모든 것을 다시 이야기하자구나."

내가 그 사람의 입장이 되고 난 후에야 비로소 진정으로 누군가를 이해할 수 있는 마음이 생기는 것이 우리의 모습인가 봅니다. 또 그 일은 나와는 전혀 무관하다고 여기다가 발등에 불이 떨어지듯 자신의 문제로 다가오면 부랴부랴 사태를 수습하려고 우왕좌왕 하는 것이 우리의 모습인가 봅니다. 타인의 입장을 생각하고 미래를 준비할 때 우리 앞에 놓인 모든 문제들을 극복할 수 있을 것입니다.

천하장사의 어리석음

한 남자가 마을에서 열린 씨름 대회에서 1등을 차지하고 천하장사가 되어 집으로 돌아오는 길이었습니다.

한껏 승리의 기쁨에 취해 의기양양하게 언덕길을 오르던 천하장사는 갑자기 자리에 주저앉았습니다. 모래판에서 힘센 장사들을 상대하느라 기운이 다 빠져서 도저히 집까지 걸어갈 수가 없었던 것이었습니다.

그때 다행히도 그의 앞으로 머리에 떡 바구니를 이고 가는 여인이 지나가는 것을 발견했습니다. 그는 떡 장사를 불러 세우고 가장 커다란 떡을 일곱 개나 샀습니다.

너무 배가 고팠던 천하장사는 아무 생각 없이 그 떡을 허겁지겁 먹기 시작했습니다.

떡을 하나씩 하나씩 먹을수록 점점 배가 불러왔지만 천하장사는 그것을 느낄 사이도 없었습니다.

천하장사는 여섯 개의 떡을 다 먹고 나자 조금 배가 부른 느낌이 들었지만 이내 부족함을 느꼈습니다.

"아니, 이렇게 커다란 떡을 여섯 개나 먹었는데도 배가 부르지 않다니……."

천하장사는 이윽고 한 개 남은 떡마저 먹기로 하고 먼저 떡 반쪽을 입에 넣었습니다. 그런데 여섯 개 반을 먹었을 때까지는 잘 몰랐는데 나머지 반개를 먹자 갑자기 배가 부르기 시작하는 것이었습니다.

"이상하다. 여섯 개를 먹었을 때까지 배가 하나도 부르지 않았는데 어떻게 이렇게 금방 배가 부른 거지?"

천하장사는 혼잣말로 중얼거리며 곰곰이 생각에 잠겼습니다. 그러다가 한 가지 놀라운 점을 발견해 내고 스스로가 너무 어리석어서 그랬다고 자책하며 화를 냈습니다.

"내가 너무 어리석었어. 지금 배가 부른 것은 딴 이유가 아니라 이 반 개의 떡 때문이야. 앞에 먹은 떡 여섯 개는 먹어봐야 소용없는 헛수고였어. 진작 이 반개만 먹어도 배가 부를 줄 알았다면 떡 여섯 개는 돈 주고 살 필요가 없었는데…… 난 정말 바보야!"

어리석은 천하장사는 큰 깨달음을 얻었다고 자신만만해져서 힘차게 언덕길을 올라 집으로 돌아갔습니다.

바위를 깨뜨릴 수 있는 것은 단 한 차례의 도끼질이 아닙니다. 수십 번 바위를 내리친다 해도 큰 바위는 꿈쩍도 하지 않고 약간 금만 갈 정도에 지나지 않습니다. 하지만 그 수많은 도끼질이 쌓여 어느 날 한 번 내리쳤을 때, 바위는 마침내 둘로 쩍 갈라지는 것입니다.

우리는 과정은 현미경으로 보려 하고 그 결과는 확대경으로 보려 하는 어리석음을 범할 때가 많습니다. 그런 못난 습성을 저 멀리 던져버리고 하루하루 노력하는 자세로 살아야겠습니다.

돌멩이를 치운 사람

어느 마을에 아주 현명하고 똑똑한 소년이 살고 있었습니다. 하루는 그의 아버지가 소년에게 심부름을 시켰습니다.

"목욕탕에 가서 사람이 얼마나 있는지 보고 오렴."

소년은 아버지의 말을 듣고 집을 나와서 목욕탕으로 향했습니다.

그런데 목욕탕 앞에 도착해서 보니 땅바닥에 끝이 뾰족한 돌멩이 하나가 박혀 있었습니다. 그 돌멩이 때문에 사람들이 목욕탕으로 들어가고 나오면서 모두 그 돌부리에 걸려 넘어질 뻔했고, 또 어떤 사람은 넘어져 무릎이 깨지기도 했습니다.

어른이고 아이고 할 것 없이 전부 그 돌에 대고 욕을 하기 시작했습니다. 하지만 그러면서도 누구 하나 그 돌을 치우지 않았습니다.

그 광경을 본 소년은 사람들이 너무 한심하다는 생각이 들었습니다.

'누가 돌을 치우는지 봐야지.'

소년은 잠시 동안 목욕탕 앞을 지켜보기로 마음먹었습니다.

"에잇, 빌어먹을! 도대체 누가 여기에 이런 날카로운 돌멩이를 놔둔 거야!"

스무 명이 넘게 지나갔고 계속해서 사람들이 넘어져 다치면서 그런 욕을 해댔습니다.

얼마 후 한 남자가 목욕탕에 들어가려고 하다가 역시 돌부리에 걸려 넘어졌습니다.

"아니, 웬 돌이 이런 곳에 박혀 있담!"

그런데 그 남자는 그냥 지나치지 않고 손을 툭툭 털더니 단숨에 그 돌을 빼냈습니다. 그 모습을 본 소년은 목욕탕에 있는 사람의 수를 헤아리지도 않고 집으로 돌아왔습니다.

"아버지, 지금 목욕탕엔 한 사람밖에 없던데요."

"그래, 잘됐구나. 지금 목욕이나 가자구나."

소년과 아버지는 함께 목욕탕에 갔습니다. 그런데 목욕탕 안은 사람들로 북적대어 발 디딜 틈도 없었습니다.

"이 녀석아, 한 명뿐이라더니 이게 뭐냐?"

아버지가 화를 내자 소년이 큰 목소리로 대답했습니다.

"아닙니다, 아버지. 얼마 전까지 목욕탕 앞에 뾰족한 돌멩이가 하나 있어 사람들이 걸려 넘어지고 다치고 했는데, 아무도 그 돌멩이를 치우지 않았습니다. 그런데 그 돌멩이를 치우고 들어가는 한 사람이 있었습니다. 제 눈에는 오직 그 사람만이 사람다운 사람처럼 보여서 그렇게 말씀드린 것입니다."

"그래, 나는 네가 아직 철부지인 줄만 알았는데……이제 제대로 사람을 볼 줄 알게 되었다니 너무 기쁘구나."

아버지는 사람을 볼 줄 아는 눈을 갖게 된 아들이 너무 자랑스러웠습니다.

아무리 냄새가 좋은 향수라 할지라도 뚜껑을 꼭꼭 닫아두면 아무짝에도 쓸모없는 장식품에 불과합니다. 뚜껑을 열어 좋은 향기를 세상에 나누어 줄 때 비로소 그 향수는 존재 의미를 발휘하게 되는 것입니다.

사람이 진정 아름다운 것은 타인을 사랑하는 마음 때문입니다. 자신의 가슴에 담긴 사랑을 다른 사람들에게 아낌없이 나누어줄 때 비로소 사람이 사람다워집니다.

2 참되고 진실한
마음자리

어린 거미의 그물 짜기

어느 날 나뭇가지에 붙어서 어린거미가 그물을 짜고 있었습니다. 그러나 처음 그물을 짜보는 것이어서 엉성하기 짝이 없었습니다. 어린거미의 모습을 지켜본 어미거미가 물었습니다.

"애야, 네 그물이 튼튼하게 잘 짜였다고 생각하니?"

"아뇨. 하지만 저기 아카시아나무에 쳐 있는 가시거미의 그물보다는 내 것이 더 나은 것 같아요."

"그러면 여기 소나무 가지에 쳐놓은 저 그물하고 비교하면 어떤 것 같니?"

"엄마, 저건 그물 짜기의 명수 무당거미가 짠 것이잖아요. 무당거미의 그물과 비교하면 안 되죠."

어미거미가 다정한 얼굴로 어린거미 옆으로 다가왔습니다.

"애야, 그물을 짜려면 최고로 짜야지 어중간하게 그물을 짰다가는 굶어죽기 십상이란다."

"엄마, 사람들이 하는 말 중에 뱁새가 황새걸음 따라가려다가 가랑이 찢어진단 말이 있잖아요?"

"애야, 그 말은 형편을 비유한 것이지 개인의 능력을 비유한 것이 아니란다. 어설픈 것보다는 정확한 것이 너를 길러낸단다."

어린거미가 머리를 긁적거리며 말했습니다.

"그러면 엄마, 우선 가시거미에게 쉽게 대강 그물 짜기를 익힌 다음에, 무당거미를 찾아가 정확하고 튼튼하게 그물 짜는 기술을 배우면 어떨까요?"

"아니다! 어설픈 것은 아예 배우지 않는 것보다 못해. 후일에 그 잘못된 버릇을 고치려면 배우는 데 든 것보다 더 많은 시간과 노력이 든단다. 처음부터 정확하게 배우는 것이 오히려 더 수월하단다."

어미거미의 단호한 말을 들은 어린거미는 무당거미를 찾아 배움의 길을 떠났습니다.

사람은 좋든 나쁘든 여러 가지 습관을 갖고 있습니다. 이 습관은 대부분 자신이 모르는 사이에 빠져드는 것입니다. 이런 습관에는 몇 가지 특징이 있습니다. 먼저 나쁜 습관은 금방 만들어지는 반면, 좋은 습관은 오랜 시간이 걸린다는 점입니다. 또한 나쁜 습관이든 좋은 습관이든 그 출발점이 중요하고 한 번 익숙해지면 다시는 고치기가 힘들다는 점입니다. 하지만 좋은 습관을 튼튼하게 쌓아놓으면 나쁜 습관은 들어설 자리가 없습니다.

진실의 안테나

어느 날 '진실'과 '거짓'이 길을 가다 서로 만나게 되었습니다. '진실'이 오랜만이라고 인사하자 '거짓'은 비아냥거리듯 인사했습니다. '진실'이 괴로운 표정으로 이야기했습니다.

"요즘은 고민이 많다네."

"자네 얼굴을 보니 말이 아니군. 힘내라고!"

"심심해 죽을 지경이네. 나를 불러주는 곳이 거의 없어. 사람들은 나를 별로 좋아하지 않거든."

"자네는 왜 그 모양인가. 이제 나를 따라다니게. 내가 사람들을 어떻게 요리해야 하는지 가르쳐 주겠네. 자네라고 해서 높은 인기 누리면서 살지 말라는 법이 있나? 대신 내 말을 잘 듣게. 내가 하는 일에 절대로 반박하지 말란 말이야. 알겠지?"

'거짓'의 다짐에 '진실'이 그러겠다고 해서 둘은 함께 돌아다니기로 했습니다. '진실'이 '거짓'을 따라다니겠다고 한 이유는 단지 너무 배가 고파서였습니다. 둘은 먼저 최고급 음식점에 들어 갔습니다. '거짓'은 들어가자마자 소리쳤습니다.

"웨이터! 이 가게에서 제일 맛있는 최고급 요리를 가져와."

둘은 한 상 가득 차려진 요리를 맛보았습니다. 더 이상 먹을 수 없을 만큼 배가 부르자 '거짓'은 트림을 한 번 하고 만족스러운 표정을 지었습니다. 그는 호흡을 한번 가다듬고 갑자기 지배인을 큰 소리로 불렀습니다.

"이봐, 지배인! 어떻게 된 거야?"

'거짓'은 지배인에게 불같이 화를 냈습니다.

"30분 전에 웨이터한테 수표를 한 장 주었는데 왜 거스름돈을 안 가져오는 거야!"

지배인은 웨이터를 불러 물어보았지만 웨이터는 결코 돈을 받은 적이 없다고 울상을 지었습니다.

"뭐 이 따위 가게가 다 있어! 난 여태껏 법 한 번 어겨본 적이 없단 말이야. 감히 나를 속이다니. 에이! 얼마 안 되는 돈 잘 먹고 잘 살아라. 두 번 다시 이 가게를 오는가 봐라."

지배인은 가게의 소문이 나빠질 것이 걱정되어 그냥 웨이터에게 잔돈을 갖다 주고 무조건 잘못했다고 빌라고 시켰습니다. 웨이터가 억울하다고, 분명 그런 일이 없다고 항변했지만 지배인은 끝까지 거짓말을 하느냐면서 당장 나가라고 호통을 쳤습니다. 웨이터는 너무 억울해서 소리쳤습니다.

"왜 내 진실을 몰라주는 것입니까? 난 비록 돈도 없고 배경도 없지만 열심히 일했단 말입니다. 도대체 이 세상 진실은 어디로 갔단 말입니까?"

'진실'은 그 자리에서 여기 진실이 있다고 소리치고 싶었지만 '거짓'과의 약속 때문에 안절부절못하고 있었습니다. 잠시 후 그들은 음식을 실컷 먹고도 오히려 잔돈을 받아서 가게를 나왔습니다. '거짓'은 의기양양하게 '진실'의 등을 툭 치며 말했습니다.

"봤지, 세상은 바로 이런 거야. 나만 믿으면 모든 일이 잘된다고."

'진실'은 분노가 끓어오르는 것을 느꼈습니다. 그의 볼 위로 눈물이 흘러내렸습니다.

"난 오늘 아직도 나를 믿고, 나를 간절히 원하는 사람을 보았네. 비록 내가 가는 길이 자네처럼 배불리 먹을 수 없는 고달픈 길이라 할지라도 나는 그 길을 택하겠네. 난 나를 믿고 열심히 살아가는 많은 얼굴들을 잊을 수가 없거든. 그리고 자네가 알아두어야 할 것이 하나 있네. 그건 사람들에게 큰소리치며 배부르게 먹을 수 있는 자네보다 가난하고 배고픈 내가 이 세상을 더 살맛나게 만든다는 사실이야."

그날 이후, '진실'과 '거짓'은 각자 여행을 떠나게 되었고 지금껏 단 한 번도 만난 적이 없었습니다.

미 하원의 전 대변인이었던 샘 레이먼은 이런 질문을 받았습니다.

"당신은 하루에도 수십 명의 사람을 만나 수많은 이야기를 나눕니다. 그때마다 당신은 단 한 번도 자신이 한 말을 기록하지 않더군요. 그런데도 우리는 당신이 약속을 어기거나 취소하고, 잊어버리는 것을 본 적이 없습니다. 도대체 어떤 방법으로 기억하기에 수많은 사람들과 했던 말을 단 한 마디도 잊지 않고 기억해 낼 수가 있습니까?"

그러자 샘 레이먼은 웃으며 대답했습니다.

"정말 간단해요. 언제나 있는 그대로 진실을 말하면 그것을 기억하려고 애쓸 필요가 없으니까요."

진실은 크고 거창한 게 아닙니다. 진실의 안테나에 자신의 양심을 맞추고 그것에 어긋나지 않는 것만 이야기하고 행동하면 됩니다.

모과나무의 향기

어느 날 '실패'가 하는 일마다 계속해서 일이 잘 풀리지 않자 자신의 신세를 한탄하고 있었습니다.

"나는 눈물도 많고, 땅을 치며 통곡도 잘하고, 내 기분을 풀 수가 없어 술만 퍼마시기도 하지. 때로는 내 자신이 너무 싫어져 달리는 자동차에 몸을 날리거나 몇 십 알의 수면제로 아주 깊이 잠들어버리고 싶다는 충동에 빠지기도 하지."

'실패'는 급기야 눈물을 흘리고야 말았습니다.

"그래, 스스로 생각해도 나는 참 못난 놈이야. 도대체 나란 놈은 누구에게도 사랑받아본 적이 없고 귀한 대접 한 번 받아본 적이 없으니까. 아니지, 나조차 내 자신을 단 한 번도 사랑해 본 적이 없으니까……. 이제 더 이상 이런 모습이 싫어. 차라리 죽어버릴 거야. 모과처럼 못생긴 내 모습이 더 이상 나도 싫으니까……."

'실패'는 죽기로 마음먹고 어떻게 죽을 것인가 고민하기 시작했습니다. 그냥 자살해 버린다면 신문에도 날 테고, 아무튼 떠들

썩한 것은 질색인 '실패'는 사람들이 아무 관심도 가져주지 않는 모과나무 열매가 되기로 마음먹었습니다.

그날부터 '실패'는 신에게 모과나무 열매가 되게 해달라고 간절히 빌었습니다. 신은 '실패'를 불쌍히 여겨 그의 기도를 들어주었습니다.

'실패'는 모과나무 열매가 된 후에도 자신의 모습이 더 혐오스럽게 보이도록 애썼습니다. 그는 탐스러운 열매로 남지 않기 위해서 못생기고 보잘것없는 몸을 조금씩 썩어 들어가게 놔두기로 했습니다. 하지만 아무것도 안하고 가만히 있으면서 자신의 살을 썩히는 것도 여간 어려운 일이 아니었습니다. 시간이 흘러갈수록 고통은 심해졌습니다.

그런데 어느 날부터인가 이상한 일이 생겨났습니다. 예전에는 자기만 보면 늘 인상을 찡그리던 사람들이 조금씩 곁에 다가와 웃음을 지어 보이더니 어느새 자신을 사랑하고 있는 것처럼 느껴지는 것이었습니다. 그 무렵 한 사람이 '실패'에게 다가와서 이런 이야기를 했습니다.

"야, 이 모과향기 정말 좋다. 예전에는 별로 향이 나지 않더니 이젠 너무 좋은 냄새가 나는걸."

'실패'는 이상한 생각이 들었습니다. 점점 썩어만 가는 자신에게서 좋은 향기가 난다니 말입니다. 그때 한 천사가 나타나서 정다운 목소리로 말했습니다.

"스스로를 너무 자책하지 마세요. 당신에게는 언제나 성공의 향기가 깃들어 있으니까 말이에요."

당신은 실패에 고개 숙이고 한숨만 쉬고 있지는 않나요? 하지만 실패는 결코 부끄러운 일이 아닙니다. 우리가 진정으로 부끄러워해야 할 일은 실패하는 것이 아니라 실패 후에 쓰러져 다시 일어서지 못하고 그 자리에 주저앉아 버리는 일입니다.

실패는 '마지막'이라는 말과 동의어가 아니라 '다시'라는 말과 동의어입니다. 실패 뒤에 숨겨진 성공의 모습은, 실패를 한숨만으로 받아들이지 않는 모든 사람에게 언제나 선명하게 보이는 법이니까요.

타인을 위한 기도

밤새 몰아친 거센 폭풍우에 배가 난파되었고, 간신히 살아남은 두 사람이 무인도로 떠내려 왔습니다. 어떻게 살아나갈까 걱정하던 두 사람은 기도하는 수밖에 없다는 생각이 들었습니다.

두 사람은 하늘에 대고 간절히 구원의 기도를 올렸습니다.

그러던 어느 날 그들은 갑자기 누구의 기도가 더 강한지 알고 싶어서 한 사람은 섬의 오른쪽 끝에, 또 다른 사람은 섬의 왼쪽 끝에 자리를 잡고 기도를 시작하였습니다.

섬의 오른쪽에서 자리를 잡은 사람이 제일 먼저 먹을 것을 달라고 기도하자 곧 고기를 발견하게 되었습니다. 그 다음에는 여자를 구해달라고 하자, 또 다른 배 한 척이 난파되면서 한 여인이 섬으로 오게 되어 아내로 삼았습니다.

하지만 웬일인지 섬의 왼쪽에서 기도를 하던 사람에게는 아무런 변화가 생기지 않았습니다.

며칠 후 섬의 오른쪽에서 기도하던 사람은 왼쪽에서 기도를 하고 있는 사람에게는 하늘에서 아무런 반응도 없었다는 것을 알게 되었습니다. 그는 신이 나서 마지막으로 섬을 벗어나도록 배 한 척을 달라고 기도했습니다. 조금 지나자 배 한 척이 파도에 밀려 왔습니다.

　그가 왼쪽에 있는 사람은 구할 가치도 없는 위인이라는 생각에 그냥 남겨두고 섬을 떠나려고 할 때 갑자기 하늘에서 소리가 들려왔습니다.

　"왜 함께 가지 않고 너 혼자만 가려고 하느냐?"

　그 사람은 자신이 열심히 기도해서 얻은 축복이므로 당연히 자기 마음대로 할 수 있다고 이야기했습니다. 그러자 하늘에서 꾸짖는 소리가 들렸습니다.

　"너무하는구나. 저 사람의 기도가 없었다면 애초에 너의 기도는 이루어지지도 않았을 것이다."

　그 사람은 화가 나서 물었습니다.

　"도대체 왼쪽에 있는 사람이 무슨 기도를 했길래 이런 내 축복이 모두 그 때문이라고 하십니까?"

　그러자 하늘에서 나지막한 음성이 들렸습니다.

　"저 사람은 너의 기도가 모두 이루어지게 해달라고 간절히 기도했느니라."

때때로 나 아닌 다른 사람을 위해 기도할 수 있는 사람이 되십시오. 우리가 살아가면서 슬프고 암울한 이유는 사람들의 머리가 '나 하나만' 이라는 생각으로 가득 차 있기 때문입니다.

'나 하나쯤으로 이 세상이 달라지겠는가?' 라는 의구심을 버리고 하루에 한 가지씩 선행을 실천합시다. 그것이 안 되면 하루에 한 번 타인을 위해 기도하는 시간을 갖는 것입니다. 보잘것없다고 생각한 당신의 노력이 이 세상을 보다 살맛나게 만드는 기적을 만들어낼 테니까요.

입장의 차이

어느 부인이 시장에 갔다가 아는 사람을 만나게 되었습니다. 그녀는 이제 막 결혼한 아들과 딸을 두고 있었습니다.

"안녕하세요? 따님도 잘 지내죠?"

"네, 염려해 주신 덕분에요. 우리 딸은 아주 팔자가 늘어졌답니다. 빨래에서 밥까지 모두 해줄 정도로 사위가 자상한 사람이랍니다. 오후까지 자다가 일어나면 미장원에 들러서 머리를 하고 바로 백화점으로 가서 쇼핑을 하지요. 물론 저녁은 외식을 하고요. 아주 귀족 같은 생활을 하고 있답니다."

이 말을 하는 부인의 얼굴에는 웃음꽃이 가득했습니다.

"참 멋진 생활을 하고 있군요. 아드님도 얼마 전에 결혼을 했죠? 아드님은 어때요?"

그러자 부인은 이내 얼굴이 찌푸려지더니 아들 이야기를 시작했습니다.

"우리 아들은 지독히도 운이 나빴답니다. 글쎄, 그 못된 며느리가 말이에요. 한낮이 되어도 잠자리에서 일어나지 않고 남편에게 밥을 차려오라고 하질 않나, 집안일은 돌보지도 않고 미장원에서 머리 손질이나 하면서 시간을 보낸답니다. 백화점에는 왜 그렇게 자주 가 낭비를 하는지…… 그것뿐만이 아니라 집에서 저녁 먹을 생각은 안하고 바깥에서 비싼 돈 내고 사 먹질 않나. 그야말로 내 아들은 마누라 잘못 만나 실컷 고생만 하고 있어요"

그 이야기를 들은 사람은 어이가 없다는 듯 부인을 쳐다보고만 있었습니다.

우리는 공중전화에서 남이 통화를 오래하면 쓸데없는 수다가 긴 것이고, 내가 오래하면 그만큼 용건이 긴요한 것이라고 합니다. 주말여행에도 남들은 길이 막히니 대중교통을 이용해야 하고, 나 하나쯤은 자가용을 이용해도 된다고 여깁니다. 하지만 입장을 바꿔 생각하세요. 무슨 일에서든 입장을 바꿔보면 상대방의 반응이 쉽게 와 닿고, 그 문제를 이해하고 효과적인 해결 방법을 찾을 수 있습니다. 내가 잘하면 겸손의 미덕을 보여주고, 남이 잘하면 아낌없이 칭찬하는 마음이 필요합니다.

나비의 날갯짓

한 과학자가 테이블 위에 몇 개의 고치들을 놓아두고 그 고치들이 나비로 변하는 과정을 관찰하고 있었습니다. 고치들을 살펴보니 나오는 구멍은 너무 좁고 나비의 덩치는 커서, 나비로 변해 나오는 게 여간 힘이 드는 일이 아니라는 사실을 알게 되었습니다.

그 과학자는 구멍이 조금만 더 크면 쉽게 빠져나올 것이라는 판단 아래 가위를 가져와서 나머지 고치의 구멍을 좀더 넓게 만들어 주었습니다. 역시 그의 생각대로 나비는 쉽게 고치 구멍을 빠져나왔습니다. 윤기도 있어 보였고 덩치도 더 커 보이는 나비가 나왔습니다.

미리 고치에서 나온 나비들은 차츰 몸을 움직이더니 얼마 후 날기 시작했습니다. 과학자가 그 모습을 보면서 흐뭇한 미소를 짓고 있는데 이게 웬일입니까! 자신이 가위로 입구를 넓혀준 나비는 도무지 날갯짓도 하지 못하고 바닥에서만 푸드덕거리고 있는

게 아닙니까.

좁은 구멍에서 고생하며 겨우 나온 나비들은 벌써 날고 있는데 힘들이지도 않고 쉽게 고치를 빠져나온 나비가 기운 없는 듯 휘청대는 모습을 보면서 과학자는 잘 이해가 되지 않았습니다. 의문에 싸인 과학자는 그 문제에 대해서 연구를 하기 시작했고, 결국 고치 구멍의 진리를 깨닫게 되었습니다.

"옳거니 바로 이거야."

과학자는 나비가 고치 안에 있을 때 모든 영양분이 어깨에 쌓여 있는데 이 영양분이 좁은 구멍에서 나올 때 점점 온몸으로, 특히 날개 쪽으로 골고루 퍼져서 그것이 힘이 되어 기운찬 날갯짓을 할 수 있었다는 것을 발견했습니다.

하지만 구멍을 넓혀준 고치에서 나온 나비는 영양분이 퍼지지 못하고 어깨에 그대로 있기 때문에 정작 날아야 할 날개 쪽에는 영양분이 가지 않아 날지 못했던 것이었습니다.

우리는 살아가면서 아픔과 시련으로 힘들어하지만 그 시간이 지난 뒤 가만히 뒤돌아보면 그 아픔과 시련이 지금의 우리를 만들었다는 것을 종종 깨닫곤 합니다. 아픔과 시련 속에는 단지 그것만이 들어 있는 게 아니라 그보다 훨씬 더 깊은 삶의 의미가 담겨 있습니다. 젊은 시절에 가슴에 새겨진 아픔과 시련은 시간이 지나고 나이가 들어갈수록 하나씩 찬란한 보석이 되어 우리 인생을 더욱 튼튼하게 하는 자양분이 되는 것입니다.

우정이 남긴 발자국

산골에 들어가서 살고 있는 친구를 가진 사람이 있었습니다.

그날은 몹시도 추운 겨울, 밤새 눈이 내려 소복이 쌓여 있던 새벽이었습니다. 뜰 앞에 눈이 쌓여 있는 것을 본 그 사람은 갑자기 친구가 간절히 그리워졌습니다. 그는 식구들 모르게 혼자 집을 빠져나와 눈길을 밟으며 그 친구를 찾아갔습니다.

무슨 보이지 않는 힘에 이끌려 꽤 먼 길을 걸어온 그 사람은 주위의 풍경에 매료되었습니다. 새벽 어스름이 걷히기도 전에 쌓인 그 하얀 눈들을 밟으며 마침내 친구 집에 도착한 그는 조심스럽게 친구를 불렀습니다.

하지만 친구는 아직 잠에서 깨어나지 않았는지 대꾸가 없었습니다. 몇 차례 불러보았으나 인기척이 없어 그냥 돌아서려고 할 때 등 뒤로 어떤 느낌이 왔습니다. 깜짝 놀란 그가 뒤를 돌아보자 친구가 웃고 있었습니다.

"아니, 이 사람아. 그곳에 왜 그러고 서 있나?"

그러자 친구는 부드러운 목소리로 말했습니다.

"새벽에 일어나니 눈이 많이 쌓였더군. 문득 자네 생각이 나더라구. 그 순간 때마침 자네가 나를 부르는 소리를 들었지. 그래서 당장 달려가려 했는데 문득 이런 생각이 들더군. '뜰에 수북이 쌓인 눈에 어찌 내가 첫 발자국을 낼 수 있겠는가.' 나는 자네에게 먼저 아무도 걷지 않은 흰눈을 밟으며 내 집안으로 들어오게 해주고 싶었네."

그제야 그 사람은 알 수 있었습니다. 친구는 앞마당에 쌓인 눈 위에 발자국을 내지 않으려고 일부러 뒷문을 열고 뒤꼍을 돌아 자신을 맞으러 왔다는 것을 말입니다.

알베르 카뮈는 『최초의 인간』에서 우정에 대해 이렇게 말했습니다.
"젊었을 때 나는 사람들에게 끊임없는 우정이나 항구적인 감동 같은 것들이 줄 수 있는 것 이상을 요구해 왔다. 이제 나는 그들이 줄 수 있는 것보다 적게 요구할 수 있다. 가령 아무 말 없이 같이 있어주는 것만으로도 그들의 감동이나 우정을 온 몸으로 느끼는 것이다."
카뮈는 눈으로 보여줄 수 없는 우정의 위대함, 말이 필요하지 않는 우정의 아름다움에 대해 이해하고 있었던 것입니다.

손 안에 담긴 물

바다를 건너 여러 나라를 오가면서 장사를 하는 현명한 상인이 있었습니다.

봄이 되자 상인은 장사가 잘 된다는 먼 나라를 향해 배를 띄웠습니다. 시장이 열리는 시기를 맞추어야 하기 때문에 상인은 쉬지 않고 계속해서 바다로 나아갔습니다.

그러던 어느 날, 상인이 탄 배가 태평양을 지나려고 할 무렵의 일이었습니다. 배도 고프고 몹시 피곤해 있었던 상인의 눈에 이상한 물체가 보이는 것을 발견하고 살펴보니 그곳을 지키는 바다신이 갑자기 나타났습니다.

상인은 긴장된 표정으로 바다신의 행동을 눈여겨보았습니다. 그러자 바다신은 손 안에 무언가를 쥐고는 상인에게 물었습니다.

"네가 내 질문에 맞게 대답하면 식량과 물을 주겠다."

"질문이라는 게 무엇인가요?"

바다신은 손에 담겨진 한 움큼의 물을 보여주더니 이렇게 물었습니다.

"이 손안의 물이 많은가, 아니면 바다 속의 물이 많은가?"

뜬금없는 물음에 상인은 놀랐지만 자신 있게 대답했습니다.

"당연히 그 손 안에 든 물이 많습니다. 바닷물이 아무리 많아도 당장 쓰기에는 아무 소용이 없지만 그 손 안에 있는 물은 아무리 적다해도 굶주리고 목마른 사람에게 주면 그들의 생명을 구할 수 있기 때문입니다."

바다신은 상인의 현명함에 만족한 듯이 고개를 끄덕이더니 그의 배에 식량이 될 물고기와 먹을 물을 가득 실어주고 유유히 사라졌습니다.

우리나라에 전해오는 풍습 중에 '까치밥'이라는 것이 있습니다. 이것은 가을이 되어 감나무에서 잘 익은 감을 수확할 때 모조리 따지 않고 까치가 먹을 수 있는 몫으로 나뭇가지에 두세 개씩 남겨두는 것을 말합니다.

'까치밥'을 남기는 풍습에는 배고픈 까치마저 그냥 지나치지 않고, 나뭇가지에서 쉬면서 먹이를 먹고 갈 수 있도록 배려한 선인들의 따스한 마음이 들어 있습니다.

선교사의 사랑

　　오래 전에 전도를 하기 위해 중국으로 건너간 미국인 선교사가 있었습니다. 그가 중국에서 열심히 전도를 하던 중 이름모를 전염병이 유행하여 수많은 중국인들이 죽어가는 안타까운 일이 생겼습니다.

　　현대 의학이 비교적 덜 발달된 중국에서는 면역체가 없었기 때문에 그 선교사는 병균을 유리병 속에 담아서 전염병에 대한 면역체를 개발하기 위해 자신의 고국인 미국으로 떠났습니다.

　　선교사가 뉴욕 공항에 도착해서 입국수속을 기다릴 때 공항에서 나온 검역소 직원들이 방역 조치를 위하여 승객들의 몸과 짐을 철저하게 조사하고 있었습니다. 병균을 들고 들어갔다가는 들킬 것이 뻔하다고 느낀 이 선교사는 병균을 자신의 입에 털어 넣고 유리병을 몰래 바닥에 버렸습니다.

　　그렇게 공항을 빠져나온 지 몇 시간 후, 그의 온몸에 병균이 퍼지면서 피부가 이상해지기 시작했습니다. 하지만 그는 친구가 연구원으로 있는 실험실에 도착하기 위해 안간힘을 썼고 마침내 친구를 만날 수 있었습니다.

선교사는 자신이 죽어간다는 것을 느끼면서 친구에게 마지막 말을 남겼습니다.

"내 몸은 지금 중국에 번지고 있는 전염병에 감염되었으니 이 병균을 뽑아 면역체를 만들게. 그래서 중국으로 꼭 보내서 하느님의 많은 자녀들을 살려주기 바라네. 그러면 내 영혼이나마 하늘나라에서 웃을 수 있을 것이네."

영국의 왕이 크리미아 전쟁에서 자신을 희생하고 많은 환자들을 구해낸 나이팅게일에게 내린 휘장에는 이런 말이 적혀 있었습니다.

"사람은 물질로 남을 도울 수 있다. 물질이 없을 때는 말로 도울 수 있다. 그러나 물질도 말도 없을 때는 눈물로 도울 수 있다."

우리가 물질이 없을 때는 말이나 눈물로 도울 수 있다고 하지만 이 세 가지 중 어느 것이 가장 아름다운 것인지 우리는 잘 알고 있습니다. 바로 타인을 위해 모든 것을 내주고 따스한 눈물을 흘릴 줄 아는, 인간애가 넘치는 사람이 가장 위대하다는 것을 말입니다.

희망을 알려준 무덤

어느 날 아버지와 아들이 함께 여행 길에 올랐습니다. 그들은 여행하던 도중에 그만 험난한 사막을 만나게 되었습니다. 사막을 헤쳐 나가느라 힘겨워진 아들이 아버지에게 말했습니다.

"아버지, 너무 목이 말라요. 더 이상 못 가겠어요."

아버지는 그런 아들에게 격려의 말을 잊지 않았습니다.

"얘야, 여기서 쓰러질 순 없잖니? 곧 사람들이 사는 마을을 만날 수 있을 거야. 그럼 물과 음식을 얻을 수 있어. 조금만 더 힘을 내렴."

아들은 아버지의 격려를 듣고 이를 악물고 계속 걸어갔습니다. 그러던 중 두 사람은 작은 무덤 하나를 발견하게 되었습니다. 아들은 사막 한복판에 있는 무덤을 보자 너무나 실망하고 겁에 질려 아버지에게 이야기했습니다.

"아버지, 저것 보세요. 저기 무덤이 있어요. 여기를 지나간 사람이 우리처럼 목이 마르고 지쳐서 저렇게 죽었나 봐요."

하지만 아버지는 따뜻하게 미소 지으며 아들에게 말해 주었습니다.

"아니란다. 무덤이 여기에 있다는 것은 절망이 아니라 희망을 알려주는 거야. 사람이 없는 곳에는 무덤조차 있을 수 없을 테니까. 여기서 멀지 않은 곳에 사람들이 사는 마을이 있을 거야. 자, 힘을 내거라!"

마음의 눈에서 절망의 안경을 벗어버리면 우리는 새로운 세상을 볼 수 있습니다. 떨어지는 낙엽을 보면서 닥쳐올 쓸쓸한 가을이 아니라 다가올 새봄을 볼 수 있고, 비바람 몰아치는 날에는 진흙탕이 되어버린 땅이 아니라 더 단단히 다져질 땅을 볼 수 있습니다.

지금 우리를 괴롭히는 것은 우리가 처한 현실이 아니라 우리의 눈에 덧씌워진 절망이라는 색안경입니다. 우리에게 희망이 없는 순간은 없습니다. 단지 희망을 잃어버린 사람이 있을 뿐입니다.

행복을 만나기 힘든 이유

아주 오랜 옛날 행복과 불행이 한 동네에 살고 있었습니다. 같은 동네에 살고 있다 해도 둘은 너무도 달랐습니다.

행복은 힘이 약했지만 불행은 튼튼한 몸을 가진 탓에 무척 힘이 세었습니다. 불행은 자신의 힘을 자랑하기 좋아했기 때문에 툭하면 가만히 있는 행복을 괴롭혔습니다.

어느 날 불행만 보면 피해 다니던 행복은 더 이상 불행의 횡포를 견디지 못하고 하늘나라로 높이 올라가 버렸습니다. 하늘나라에는 이미 많은 행복들이 와 있었습니다.

하늘로 올라간 행복이 신에게 자신이 마을에서 겪었던 일들을 이야기하자 신은 깊은 생각에 잠겼다가 이렇게 대답했습니다.

"내가 너희 행복들을 모두 이곳으로 피신시켜주면 그 고약한 불행의 횡포에서는 자유로울 수 있겠지. 하지만 세상 사람들이 너희들을 얼마나 좋아하는지 한 번 생각해 보아라. 지금도 사람들은 너희들을 찾아다니느라 야단법석이란다. 그러니까 한꺼번에 다 내려가지 말고, 이곳에서 어디로 내려갈 것인지 갈 곳을 잘 보아 두었다가 하나씩 하나씩 행복을 얻을 수 있는 사람에게로 내려 가도록 하여라. 그러면 괜히 여럿이 내려갔다가 불행에게 잡혀 고 생하는 일은 없을 테니까 말이다."

　이런 까닭에 이 세상에서 행복은 좀처럼 만나기 힘들고, 불행 은 도처에 숱하게 돌아다니게 되었습니다.

사람들의 가슴엔 행복을 가르는 심판관이 숨어 있습니다. 행복의 심판관 은 우리의 가슴에 대고 때로는 "조금 더." 하면서 보다 많은 것을 요구하기 도 하고, 때로는 "그래, 충분해. 합격!"이라고 이야기합니다.
그런데 이 행복 심판관은 한 가지 특이한 점이 있습니다. 그는 같은 대상을 보고도 어떤 때는 불만족스러운 대답을 하고, 또 어떤 때는 더없이 기쁜 대 답을 한다는 점입니다. 그는 늘 우리에게 이렇게 말하고 있는 것입니다.
"정해진 행복도, 정해진 불행도 이 세상에는 없다. 중요한 건 바로 인간의 마음이다."

오늘 시작하는 사람

일본에서 큰 성공을 한 사업가가 보다 넓은 미국 시장으로 진출해야 되겠다고 마음을 먹었습니다. 그래서 어느 날 한 직원을 불러 그의 의향을 물어보았습니다.

"우리 회사가 미국에 새로운 공장을 차리려고 하는데 당신은 얼마간의 준비 기간이 필요하겠습니까?"

뜻밖의 제의를 받은 그 사원은 심각하게 생각하더니 이렇게 이야기했습니다.

"이곳의 생활을 모두 정리하려면 적어도 한 달은 시간을 주셔야 할 것 같습니다."

다음날 사업가는 다른 직원을 불러 다시 물어보았습니다. 그러자 그 직원은 조금 생각하더니 이렇게 대답했습니다.

"사장님, 일주일이면 가능할 것 같습니다."

그 다음날에도 사업가는 또 다른 직원을 불렀습니다. 그는 씩씩한 목소리로 이렇게 대답했습니다.

"사장님, 지금 바로 떠나겠습니다. 집에 가서 짐을 챙겨오도록 하겠습니다."

사업가는 흔쾌히 그를 미국 지사장으로 발령했습니다.

"좋습니다. 떠나십시오. 오늘부터 당신이 미국 지사의 지사장입니다."

그러자 다른 직원들이 강력하게 항의하기 시작했습니다.

"뛰어난 인재들이 많은데 왜 하필 그가 미국 지사장이 되어야 합니까?"

사업가는 웃으면서 직원들에게 대답했습니다.

"왜냐고요? 오늘의 하나가 내일의 두 개보다 훨씬 나으니까요. 오늘 시작하는 사람이 진정한 승리자입니다."

한비베리 민스터라는 도시에는 여러 개의 탑이 있습니다. 그런데 탑 중에서 유독 눈에 띄는 탑이 하나 있는데 그 밑에는 이런 의미심장한 글이 새겨져 있다고 합니다.

"지금이 아니면 언제?"

인생에서 중요한 것이 있다면 바로 지금, 오늘이라는 시간입니다. 오늘이 현금이라면 내일은 부도수표 같은 것입니다. 우리가 오늘을 위해 전력하는 것, 그것이야말로 인생 대학을 우등생으로 졸업하는 유일한 길입니다.

사라진 물방울

바다는 끊임없이 움직이며 자기가 할 일을 다 했습니다. 바다는 게으름 피우지 않았고 늘 제자리에 머물러 있지 않았습니다. 새벽녘에는 고깃배를 실어서 뭍까지 데려왔고 해질녘이면 고깃배를 다시 돌려보내려 늘 출렁이는 파도를 만들어냈습니다.

그런데 그 많은 바다의 물방울 중 유독 한 물방울이 거친 바다의 삶이 두렵고 귀찮아져 바다를 떠나기로 하고 한 가지 꾀를 냈습니다.

어느 이른 새벽에 물방울은 밀물의 파도를 타고 날아서 커다란 바위 위로 살짝 뛰어내렸습니다. 그리고는 안도의 한숨을 쉬며 말했습니다.

"휴, 이제 움직이지 않아도 되겠군. 이대로 가만히 있으면 난 편해지는 거야."

물방울은 출렁이는 파도를 바라보며 오래간만에 편안한 휴식을 취했습니다.

그러나 잠시 후, 아침 해가 솟아오르더니 그 강렬한 햇빛은 열기를 더해갔습니다. 그와 함께 바람은 더욱 거세게 불어왔습니다.

이제 혼자 있던 물방울은 햇빛과 바람을 견디기 힘들었습니다. 이윽고 점점 빼빼 말라가더니, 얼마의 시간이 지난 후에는 그 어느 곳에서도 물방울의 모습을 찾을 수 없게 되었습니다.

연필은 항상 스스로의 몸을 깎아내는 노력으로 흰 종이 위에 검은 글씨를 남깁니다. 연필심을 갈지 않으면 글씨를 쓸 수도, 선을 그을 수도 없습니다. 더욱이 가장 뾰족하게 깎은 연필만이 가장 가는 선을 그을 수 있습니다. 이렇게 보면 연필의 생존 법칙과 인간의 생존 법칙은 서로 닮은꼴이라는 사실을 발견할 수 있습니다. 자신을 희생하고 부단히 노력하는 자만이 세상에 자신의 흔적을 남긴다는 것은 매우 의미심장한 가르침이 아닐 수 없습니다.

강폭이 좁을수록 거센 물살

화창한 어느 날 오후, 물결이 잔잔하게 일고 있는 강가에서 한 노인이 낚시를 하고 있었습니다.

잠시 후 건장한 청년 몇 명이 노인의 곁으로 다가와 멈춰서더니 자기네들끼리 이런저런 대화를 나누었습니다.

"이쯤에서 강을 건너자고."

"글쎄, 이곳은 강폭이 너무 넓은 것 같은데?"

"맞아, 여기는 강폭이 너무 넓어."

"그럼, 우리 강폭이 좁은 곳을 찾아가세."

"그게 좋겠군. 강폭이 좁으면 쉽게 건널 수 있을 테니."

청년들은 노인이 있는 바로 곁에서 강 지형을 이리저리 살펴보더니 확신이 없는지 노인에게 공손하게 물었습니다.

"할아버지, 어느 쪽으로 가야 강폭이 좁아집니까?"

노인은 말을 하지 않고 손가락으로 한곳을 가리켰습니다. 청년들은 노인이 가리킨 방향으로 걸음을 옮기려 했습니다.

바로 그때, 노인은 청년들의 등 뒤에 대고 진심어린 충고를 했습니다.

"여보게, 젊은이들. 강폭이 좁을수록 물살은 더 거세다는 것쯤은 알고들 가게나!"

맑은 하늘 아래서는 무지개를 볼 수 없습니다. 무지개는 비가 온 후에야 볼 수 있는, 힘겨움을 딛고 서는 영롱한 일곱 색깔의 아름다움입니다.
무지개는 어둠과 비와 구름의 뒤편에서, 이 세상에 찬란한 모습을 보여줄 자신의 차례를 기다리고 있습니다. 쉽고 편한 것만을 추구하는 우리. 무지개와 같은 아름다운 삶을 위해서는 비에 젖는 아픔이 있어야 한다는 사실을 잊지 말아야겠습니다.

나무와 샘물

드넓은 사막 한가운데 커다란 나무 한 그루가 서 있고 그 아래에서는 샘물이 솟아나고 있었습니다.

이곳 사막을 여행하고 다니는 상인들이나 여행가들에게는 그 샘물이야말로 생명의 물과도 같은 존재였습니다. 그런데 그 샘물은 임자가 있어서 돈을 받고 샘물을 팔아먹는 것이었습니다.

어느 날 아침 일찍 평소 습관대로 샘터를 둘러보던 주인은 그 커다란 나무가 물을 흠뻑 머금고 있는 것을 발견했습니다. 나무의 잎사귀 사이사이에 밤새 내린 이슬이 송글송글 맺혀 있었던 것이었습니다.

하지만 그것이 이슬인지 몰랐던 주인은 어리석게도 이런 생각을 했습니다.

'만약 저 큰 나무를 없애버리면 나무에 있는 물이 모두 샘에 고일 것이고, 그러면 샘물이 더 많아지겠지. 그럼 장사가 잘 되어서 돈도 더 많이 벌게 될 거야.'

결국 욕심 많은 주인은 큰 나무를 베어버리고 말았습니다.

하지만 주인의 생각과는 다르게 그 샘물은 며칠이 지나지 않아 말라버리고 말았습니다. 사막의 뜨거운 햇볕을 가려주고 그 늘을 내어주던 큰 나무를 잃어버린 샘에서 물이 솟을 까닭이 없었습니다.

사람들은 무엇인가를 소유하면 좀더 많이 소유하고 싶어지고, 또 많이 소유를 했다 하더라도 그것에 만족하지 못하고 더 많이 가지려고 애씁니다. 하지만 "나는 부자다."라고 자신 있게 말할 수 있는 사람은, 자신이 남들보다 더 많이 가졌기 때문이 아니라 지금 가지고 있는 것에 행복해하고 만족할 줄 아는 사람이라고 생각합니다.

이제 우리 마음속에 저장된 욕심의 스위치를 다시 확인해야 합니다. 욕심으로 가득한 우리들 마음속 스위치를 꺼버리고, 비어 있음으로 진정한 부자가 되는 새로운 행복 스위치를 켜고 살아가야 합니다.

어머니의 희생

어느 여름날 한 어린아이가 마당에서 놀고 있었습니다. 아이는 흙장난에 정신이 팔려서 주위를 둘러볼 여유가 없었습니다.

그런데 어디서 나타났는지 갑자기 큰 벌이 날아와서 아이의 머리 위를 왱왱거리며 날아다녔습니다. 이윽고 큰 벌은 무엇 때문에 화가 났는지 아이의 얼굴을 향해 돌진하듯 날아왔습니다.

그 아이는 피하려고 하면 할수록 더 달려드는 큰 벌이 무서워 울음을 터뜨렸습니다.

"엄ㅡ마! 엄ㅡ마!"

잠시 후 아이의 어머니가 울음소리를 듣고 달려 나왔고, 아이는 어머니의 품으로 달려가 안겼습니다. 놀란 표정을 한 자식을 보고 어머니는 급히 치마로 몸을 감싸고 두 손으로 아이의 얼굴을 가렸습니다.

그러자 그 벌은 아이 대신 어머니의 팔을 힘껏 쏘았고 큰 벌의

독침은 뽑아낼 수도 없을 정도로 깊숙이 박혀버렸습니다. 큰 벌은 다른 곳으로 날아가지도 못하고 어머니의 팔을 기어 다녔습니다. 아이가 무사한 것을 확인한 어머니는 고통을 참으면서 아이를 안심시켰습니다.

"애야, 이제 놀라지 말거라. 이 엄마가 이미 너의 몫을 대신 받았단다. 이제 이 벌은 나에게 아픔을 주었으니 너에게는 아픔을 줄 수 없단다."

꽃 중에서 가장 아름다운 꽃은 무엇일까요? 물론 이 세상 모든 꽃들이 다 아름답지만 라일락은 그 독특한 향기로 인해 더욱 인상적입니다.
다른 꽃은 모두 그 속에 달콤한 꿀을 품고 있지만 라일락은 제 몸속에 쓴맛을 남겨둡니다. 제 힘을 다해 가슴 저미는 향기를 모두 밖으로 내뿜고 나서, 자신은 달콤한 꿀을 가지지 못하고 그냥 쓴맛으로 존재하는 것입니다.
쓴맛은 자기 몸에 남기고 자신의 모든 향기를 남에게 나누어주는 라일락꽃. 이런 라일락꽃이야말로 우리들 어머니의 사랑을 닮은 꽃이 아닐까요?

105

아이의 웃는 얼굴

어느 한적한 마을에 부모가 없는 아이들을 모아 함께 살고 있는 스님이 있었습니다.

살림살이 형편이 그리 좋지 못해서 스님과 어린아이들이 견디기에는 어렵고 힘든 생활이었습니다. 하지만 그런 여건에 개의치 않고 항상 웃음을 잃지 않는 아이가 있었습니다.

오늘도 멀리 아랫마을에 있는 학교를 다녀와서 함께 사는 동생들을 돌보느라 고되고 힘들었을 텐데도 아이는 여전히 생기 있게 웃고 있었습니다.

그 모습을 본 스님이 아이에게 물었습니다.

"애야, 네 웃는 얼굴은 어찌 그리도 맑으냐?"

그러자 아이는 더 활짝 핀 미소를 보이며 말했습니다.

"스님, 고맙습니다."

아이는 오히려 스님의 말을 칭찬으로 여기고 감사의 인사를 했습니다.

"얘야, 이럴 땐 네가 고맙다고 하는 게 아니란다. 내가 오히려 고맙다고 해야지. 너의 웃음으로 인해 난 세상이 즐겁고 아름다운 곳이란 걸 느끼게 되었단다. 너는 이제 나에게 '고맙습니다' 라고 하지 말고 '별 말씀을요' 하고 대답하도록 하거라."

사람이 얼굴을 찡그리는 데는 72개의 얼굴 근육이 필요하고, 웃는 데는 14개의 근육이 필요하다고 합니다. 그런데 사람들은 웃는 것처럼 쉬운 일을 마다하고 왜 더 힘들게 찡그린 얼굴을 할까요?
늘 밝은 웃음으로 살아가기를 권합니다. 우리의 삶에서 이제껏 웃음으로 극복하지 못하는 어떠한 슬픔도 본 적이 없습니다. 이제껏 미소로 이겨내지 못하는 어떠한 좌절도 본 적이 없습니다.

기억의 두 모습

지독히도 건망증이 심한 남자가 있었습니다. 그는 아침에 들은 일도 저녁이 되면 모두 잊어버리곤 했습니다. 아니, 내일이 되면 오늘 일을 잊은 것조차 잊어버릴 정도였습니다.

그래서 그 남자의 아내와 아들은 그의 병을 낫게 하기 위해서 수소문을 한 끝에 건망증을 잘 고치는 유명한 의사가 있다는 것을 알고 그곳을 찾아가보기로 했습니다.

그의 아내가 의사를 만나서 치료할 수 있겠는지 묻자 의사가 한참을 살펴본 뒤에 가망이 있다고 말했습니다. 그래서 남편과 함께 와서 며칠 동안 치료를 받았는데 신기하게도 병이 씻은 듯이 나았고 가족들은 뛸 듯이 기뻐했습니다.

그런데 며칠이 지나자 그 남자는 자신을 의사에게 데려간 아내와 아들을 집 밖으로 쫓아내고, 자신을 고쳐준 의사를 찾아가 가만히 두지 않겠다고 길길이 날뛰는 것이었습니다.

놀란 동네 사람들이 말리며 이유를 묻자 그는 이렇게 대답했습니다.

"지금까지 나는 잊어버리기를 잘했기 때문에 별 걱정 없이 살아왔소. 그래서 마음이 호탕하고 평안하게 살 수 있었던 것이오. 그런데 병원에 갔다 온 후 모든 기억이 회복되어 버렸소. 그래서 지난 수십 년 동안 누가 나를 섭섭하게 했고 욕을 했는지, 내가 무엇 때문에 실패했는지가 다 생각나는 거요. 기쁘거나 슬펐던 일, 좋아했거나 싫어했던 일, 이 모든 것들이 복잡하게 얽혀 잊혀지지 않는 것이오. 그래서 그 의사를 만나 다시 행복했던 예전의 내 모습으로, 건망증 심한 나로 돌아가게 해달라고 이러고 있는 거요."

이 세상에서 일어나는 불행의 대부분은 기억하지 않아도 되는 일을 애써 기억하는 것에서 비롯되는 것은 아닐까요? 때로는 많이 기억하는 것보다 많이 잊어버릴수록 더 행복해지는 것이 우리네 삶입니다.
기억해야 하고 등에 지고 가야 할 짐이 너무 많아서, 우리가 가는 인생길이 무겁고 힘겨워진다면 말이 안 됩니다. 버릴 것들은 버리고 잊을 것들은 잊은 채 훌훌 털어버리고 삶의 항해를 떠나야 합니다.

소년을 망친 습관

바닷가 마을에 한 소년이 살고 있었
습니다. 하늘에 떠다니는 구름이나 밀려왔다 밀려가는 파도, 그리
고 하얗게 날갯짓하는 물새 등 바다에 있는 그 모든 것이 소년의
친구였습니다.

그러던 어느 날 소년은 우연히 물새알 하나를 발견했습니다.
예쁘게 생긴 그 물새알을 집으로 들고 왔는데 어머니는 아무 말
없이 물새알을 맛있게 요리해 아들에게 먹였습니다.

다음날도, 그 다음날도 소년은 바닷가에 나갔습니다. 하지만
이제 더 이상 파도와 구름은 소년의 친구가 되지 못했습니다. 소
년은 하루 종일 물새알만 찾아 헤맸고, 물새알을 찾으면 기쁘고
못 찾으면 어깨가 축 처져 집으로 돌아오곤 했습니다.

그날도 물새알을 찾지 못한 채 집으로 돌아가는데 마을의 어떤
집에서 꼬꼬댁거리는 소리가 들렸습니다. 소년이 다가가보니 암
탉이 알을 낳고 있었습니다. 소년은 물새알과 비슷한 달걀을 가지

고 집으로 돌아왔습니다. 어머니는 또다시 아무 말 없이 그 달걀을 맛있게 요리해 주었습니다.

이제 소년은 더 이상 바다에 나가지 않고 닭장 앞에서 닭이 알을 낳기만을 기다렸습니다. 그렇게 시작된 소년의 도벽은 어른이 되어서는 규모가 더욱 커져 몇 번 징역살이를 했고 결국 사형을 선고받았습니다.

사형이 집행되려는 순간, 그는 눈물을 흘리며 슬퍼하고 있는 어머니에게 말했습니다.

"어머니, 제가 어린 시절 물새알을 주워왔을 때 어머니께서 '얘야, 그건 좋지 않은 일이란다. 어미 새가 알을 찾느라 얼마나 애태우며 고생하겠니. 어서 그 알을 제자리에 갖다놓으렴.' 하고 가르치셨다면 오늘날 제가 이렇게 큰 죄를 저지르지 않게 되었을지도 모릅니다."

우는 아이의 입에 사탕을 넣어주는 것만이 사랑의 전부가 아닙니다.
"습관은 나무껍질에 글자를 새긴 것과 같다. 그 나무가 커감에 따라 글자도 커진다."
사랑하는 아이가 좋지 않은 습관을 가지고 있을 때 어떻게 대처하는 것이 그를 진정으로 사랑하는 것일까 한 번 생각해 볼 문제입니다.

사랑의 충고

결혼 전에는 그렇지 않았는데 결혼을 하고 나서 웬일일지 집 안에서건 밖에 나와서건 늘 부부싸움을 하게 되는 부부가 있었습니다.

이런저런 노력에도 불구하고 부부 사이가 점점 더 멀어지는 것을 느끼면서 남편과 아내는 안타까운 마음과 서로를 원망하는 마음으로 하루하루를 보내게 되었습니다.

어느 날 이런 상황을 답답해하던 남편이 자신의 결혼 생활에 무슨 문제가 있는지 알아보기 위해서 평소 고민이 있을 때마다 찾아가 조언을 구하곤 했던 스승을 찾아가 도움을 청했습니다.

스승은 남편이 말하는 자초지종을 가만히 듣고 있다가 간단명료하게 이런 조언을 해주었습니다.

"아내가 하는 모든 말에 귀를 기울이게."

그는 스승의 충고를 가슴 깊이 새기면서 집으로 돌아왔습니다. 그리고 다음날부터 쉽지 않은 일이었지만 아내가 하는 사소한 말

한마디에도 귀를 기울이려고 노력하면서 생활했습니다.

한 달 후, 다시 스승을 찾은 그는 기쁜 표정으로 이제 부부싸움을 하지 않게 되었다고 자랑했습니다. 그리고 이제는 처음 신혼 시절, 서로를 신뢰했던 그 감정으로 되돌아가려면 어떻게 해야 하냐고 스승에게 다시 조언을 구했습니다.

그러자 스승은 미소 지으며 한 가지 방법을 알려주었습니다.

"오늘부터 아내가 말하지 않는 모든 말에 귀를 기울이게."

사랑은 우리에게 좀더 넓고 깊어지기를 요구합니다. 좀더 사랑하는 사람의 말에 귀 기울이고, 좀더 사랑하는 사람의 모든 행동을 포용하기 원합니다. 사랑은 우리에게 사랑하는 사람에 관한 것이라면 작은 것 하나도 소홀하지 말라고 요구합니다. 사랑하는 사람의 눈짓 하나에서 그의 사사로운 감정 하나까지 포용하기를 원합니다. 이처럼 사랑은 '이해'와 '공감'에 대한 끊임없는 노력을 말하는 것입니다.

흰 종이에 찍힌 까만 점

상품 판매 영업을 중심으로 하는 회사에서 상반기 결산을 마감하고 성과를 논의했습니다. 각 부서에 속한 세일즈맨들은 작년 하반기보다 판매 실적이 오르지 않은 것을 확인하고 고민하게 되었습니다.

어느 날 사장이 그 소식을 듣고 세미나를 개최하였습니다. 한창 세미나가 진행되던 중 사장이 갑자기 까만 점이 하나 찍힌 흰 종이를 회의실에 모인 세일즈맨들에게 펼쳐 보였습니다.

"여러분, 이것이 무엇으로 보입니까?"

그들은 사장의 물음에 주저 없이 이렇게 대답했습니다.

"까만 점으로 보입니다."

그러자 사장은 고개를 저으면서 다시 되물었습니다.

"다시 한 번 자세히 보십시오. 다른 것은 보이지 않습니까?"

하지만 그들은 여전히 까만 점밖에 보이지 않는다고 대답했습니다. 그때 사장이 단호한 목소리로 세일즈맨들을 질책했습니다.

"여러분, 이 종이를 자세히 보란 말입니다! 까만 점은 이 종이 한구석에 간신히 눈에 보일 정도로 조그맣게 보일 뿐인데, 왜 이렇게 넓은 흰 바탕은 볼 줄 모르는 것입니까?"

봄을 찾아서 방황하는 사람이 있었습니다. 그는 오랜 시간 봄을 찾아 헤매었으나 결국 찾지 못하고 허망한 마음을 안고 집으로 돌아왔습니다. 그때 무심코 바라본 뜰 앞에 서 있는 매화나무에서 그토록 갈구하던 봄을 찾게 되었습니다. 그가 봄을 찾지 못하고 헤매었던 원인은 다름 아니라 봄이 산 너머 남쪽에 있다고 믿었던 고정관념 때문이었습니다. 고정관념의 틀을 깨버릴 때 우리는 매화나무 가지 끝에 찾아온 봄을 볼 수 있고 보이지 않던 숨은 진리를 볼 수 있는 눈을 가지게 되는 것입니다.

어리석은 비판자

어느 마을에 다른 사람들을 비판하기 좋아하는 한 사람이 있었습니다. 그는 늘 자신이 천당에 가기를 빌었습니다. 그래서 천당의 심판관은 그를 받아주기로 하면서 한 가지 조건을 달았습니다. 이제 절대로 남을 비판하지 않겠다고 약속하고, 한 번이라도 약속을 어기고 다른 사람을 비판하면 천당에서 내쫓겠다는 조건이었습니다. 그는 무엇을 보더라도 아무 말도 하지 않고 그냥 지나치겠다고 맹세했습니다. 그렇게 해서 그는 천당에 가게 되었습니다.

천당에 도착해서 식사를 하기 위해 식당에 들어가니 한 천사가 음식을 먹고 있었습니다. 그런데 그 천사는 숟가락을 놔두고 포크로 국물을 떠먹고 있었습니다. 그는 입이 근질근질했지만 겨우겨우 참았습니다.

그 다음날 길을 가는데 한 천사가 물을 긷고 있었습니다. 그런데 독을 보니 밑에 구멍이 나 있었습니다. 그는 한소리 해주려다가 어쩔 수 없이 참았습니다.

그가 다시 길을 가고 있는데 마차가 개울에 빠져 있는 모습이 보였습니다. 그런데 자세히 보니 한 천사는 이쪽에서 꺼낸다고 잡아당기고 있고 또 다른 천사는 반대쪽에서 당긴다고 힘을 쓰고 있었습니다. 도저히 답답해서 참을 수 없었던 그는 급기야 천사들을 비판을 했습니다.

"어이구, 이 바보들아! 수레를 빼내려면 한 명은 잡아당기고, 한 명은 밀어주어야지……"

그 순간 주위에 있던 천사들이 몰려나와서 약속을 어겼으니 천당에서 쫓아내겠다고 했습니다. 그들은 증거를 위해 조금 전의 장면을 다시 보여주었고 그제야 그는 바보는 바로 자신이었다는 것을 확인했습니다. 천사는 둘이 아니라 거울에 비쳐서 한 명이 두 명으로 보였던 것이었습니다.

영국에는 "사람들은 잔소리하는 대로가 아니라 격려해 주는 대로 된다."라는 속담이 있습니다. 이 속담처럼 상대방의 행동을 바꾸는 데는 비난이 아니라 격려가 훨씬 더 효과적입니다. 하지만 대부분의 사람들은 '비난'이라는 독이 묻은 말을 더 자주 합니다. 그것이 상대방의 가슴에 잊지 못할 상처를 남길 수 있다는 사실을 알고 있으면서도 말이죠.

아름다운 삶의 보람

1980년대에 충무 앞바다 어딘가에 거북선이 묻혀 있다는 소문이 돌기 시작했습니다.

하지만 그런 소문에도 불구하고 실제로 그곳을 탐사하겠다는 사람은 아무도 없었습니다. 바다를 탐사하는 기술 자체도 어렵거니와 워낙 막대한 돈이 드는 작업이기 문에 국가 차원에서도 선뜻 엄두를 내지 못했습니다.

그런데 영국의 한 단체에서 우리나라 정부를 대신해서 발굴 작업을 하겠다고 나섰습니다. 조건은 아무것도 없이 그냥 세계의 문화유산을 보호하고 아끼는 일에 앞장서겠다는 것이었습니다. 만일 거북선을 찾게 되면 우리나라에 전달할 것이고 그 거북선을 잘 보존해 주기만을 바란다면서 발굴 작업을 시작했습니다.

하지만 한 달, 두 달이 지나도 거북선을 찾지 못했고 결국 소문의 진상을 확인하지 못한 채 그들은 고국으로 귀국하게 되었습니다.

한국을 떠나면서 기자회견을 할 때, 어느 기자가 이런 말을 했습니다.

"오랜 시간을 들였지만 결국 헛수고만 하고 떠나시는군요."

그 말을 들은 영국의 탐사 팀장은 기자의 말을 끊으며 이렇게 이야기했습니다.

"물론 그렇지요. 하지만 그 바다 밑에 거북선이 있다는 소문이 사실이든 거짓이든 분명하게 밝혀지지 않는 한 누군가가 나서서 탐사를 시작했을 것입니다. 우리가 한 일은 결코 헛수고가 아닙니다. 우리는 그 누군가가 할 헛일을 대신하고 떠나는 것입니다. 그것이 바로 우리의 보람입니다."

단 한 사람의 가슴에게라도 미소와 따스함이 전염되는 일이라면, 당신이 먼저 그에게 다가가는 것을 주저하지 마십시오. 그 행동은 비록 화려한 보석으로 빛날 수는 없어도 이 땅을 풍요롭게 하는 밑거름이 될 것입니다. 지금 당신으로부터 시작된 미소가 전 세계로 전염되어 지구상의 수십 억 인구가 하루에 한 번씩 미소 짓게 되는 놀라운 기적을 일으키게 될지도 모릅니다.

마음의 눈을 보라

어느 나라의 황제가 다음 보위를 이어 갈 황태자의 결혼식을 맞이하게 되었습니다. 설레는 마음으로 며느리를 기다리며 방안을 서성거리고 있는데 신하가 결혼식을 앞둔 황태자비가 왕궁에 도착했다고 보고했습니다.

황제는 처음으로 맞이하는 황태자비의 모습이 어떤지 너무 궁금했습니다. 그는 신하를 보자마자 조급한 마음으로 물었습니다.

"어떤가? 황태자비가 미인이던가?"

"폐하, 마치 천사와 같은 분이었습니다."

"눈은 밝던가? 키는 크던가?"

"늘씬한 키에 이루 표현할 수 없을 만큼 아름다운 분이셨습니다."

황제는 만족한 표정을 지으며 다시 물었습니다.

"그러면 가슴은 어떻던가? 황태자비가 될 만하던가?"

"신하된 몸으로 어떻게 그런 곳까지 볼 수 있겠습니까?"

그러자 황제는 그 신하를 실망스러운 듯이 쳐다보았습니다.

"자네는 아직 중요한 것을 모르고 있네. 이 세상 모든 것은 그 가슴에서 시작되는 것이라네. 나는 황태자비의 마음을 알아보고 싶었을 뿐이네."

인생은 눈과 눈의 대결이라기보다는 마음과 마음이 맞닿아 계속 이어져 나가는 고리 같은 것입니다. 하지만 요즘은 보이는 눈과 보이지 않는 마음이 대결을 하면 눈이 이기는 경우가 허다합니다. 만일 당신이라면 눈과 마음, 그 둘 중 어느 것을 선택하겠습니까? 마음의 눈으로 세상을 볼 때 진실이 더욱 잘 보이는 법입니다.

3 좋은 시간
행복 예감

시간의 가치

　　　　　한 청년이 서점에 들어와 책을 고르고 있었습니다. 얼마의 시간이 지난 후 그는 자신이 필요한 책을 골라들고 계산대 앞으로 나왔습니다.

"이 책은 얼마입니까?"

"예, 5천 원입니다."

그 청년은 책값이 비싸다고 생각했는지 서점 주인과 흥정을 하려고 했습니다.

"아저씨, 너무 비싼 것 같은데요."

"그렇다면 5천5백 원을 주셔야겠습니다."

청년은 서점 주인의 말을 듣고 황당한 표정을 지으면서 다시 말했습니다.

"아니, 조금 깎아달라니까 왜 오히려 비싸게 부르는 것입니까?"

서점 주인은 손님의 말에 아랑곳하지 않고 책값을 불렀습니다.

"그럼 6천 원을 주셔야 되겠습니다."

"도대체 왜 자꾸만 책값이 비싸지는 겁니까?"

청년은 서점 주인의 행동을 이해할 수 없었습니다. 그러자 서점 주인은 아주 당연하다는 듯이 말했습니다.

"시간은 금이라는 말도 못 들었습니까? 손님께서 자꾸 쓸데없이 제 시간을 빼앗고 있으니 책값이 점점 비싸지는 것은 당연한 일 아닙니까?"

한 은행이 잡지에 이런 광고를 냈습니다.

"우리는 돈이 부족한 사람이 아니라, 시간을 아쉬워하는 사람을 돕습니다."

아마도 이 광고는 돈은 아껴둘 수 있지만 시간은 한 번 흘러가면 그만이기에, 시간을 아끼는 지혜를 가진 사람을 소중히 여긴다는 의미일 것입니다. 부자나 가난한 사람이나 게으른 사람이나 상관없이 시간은 공평한 기회를 부여합니다. 하지만 지나간 어제와 다가올 내일은 아무리 애써도 손에 넣을 수 없습니다. 지금 우리가 활동하고 이용할 수 있는 것은 바로 오늘의 시간뿐이고 이 시간을 어떻게 활용하느냐에 인생의 승패가 달려 있습니다.

작은 돌이 있던 자리

서로 다른 인생을 살아온 두 여인이 노인에게 가르침을 받고자 찾아왔습니다.

한 여인은 자신이 젊었을 때 남편과 이혼하고 다른 남자와 재혼을 한 것에 대해 괴로워했고, 다른 한 여인은 큰 죄를 짓지 않았기에 그럭저럭 만족한 인생을 살았다고 이야기했습니다. 노인이 괴로워하는 한 여인에게 다가갔습니다.

"부인, 지금 밖으로 나가 아주 커다란 돌덩이를 하나 주워오시오."

노인은 만족해하는 다른 부인에게도 말했습니다.

"부인은 작은 돌 열 개만 주워오시오."

두 여인이 노인이 시키는 대로 돌을 가지고 다시 돌아왔는데 노인은 엉뚱하게도 이렇게 말하는 것이었습니다.

"지금 가져온 돌을 처음 있었던 제자리에 다시 갖다 놓고 오시오."

큰 돌 한 개를 주워온 여인은 처음엔 가져오기 힘들었으나 돌이 있던 곳을 금방 기억하고 갖다놓고 왔습니다. 하지만 작은 돌열 개를 가져온 여인은 돌이 있던 자리를 기억하지 못하고 멍하니 서 있기만 했습니다. 노인이 두 여인에게 말했습니다.

"죄라는 것도 마찬가지라오. 큰 돌을 가져온 부인은 한때 자신의 잘못을 기억하며 겸허한 마음을 가지고 살아왔을 것이오. 하지만 작은 돌을 가져온 부인은 비록 하찮은 것일지라도 자신이지은 죄를 모두 잊고 살아온 것이오. 그러니 뉘우침 없는 생활을해온 것이 당연하죠. 다른 사람의 죄는 이것저것 잘 들추어내면서 자신의 잘못이 깊은 것은 모르는 것이 사람들의 사는 방식이라오."

미국 로키산맥에서 자라던 4백 년 된 거목이 어느 날 힘없이 쓰러졌습니다. 그런데 천둥과 벼락을 맞고도 꿈쩍 하지 않았고 태풍에도 끄떡없이 수많은 시간을 견뎌낸 거목이 힘없이 쓰러진 이유는 작은 딱정벌레들의 공격 때문이었다고 합니다. 눈에 잘 띄지도 않고 대수롭지 않게 여겼던 수많은 딱정벌레들이 외피를 뚫고 침입하여 그 거대한 나무의 생명력을 파괴했던 것입니다. 거목의 죽음은 하루하루 '이런 작은 일쯤이야.' 하면서 알게 모르게행동하는 우리의 잘못을 일깨워줍니다. 그런 작은 잘못들이 모여 우리의삶을 갉아먹고 언젠가는 우리의 전부를 허물어 버릴지도 모릅니다.

가장 소중한 재산

스무 살을 막 넘어선 아들과 황혼기에 접어든 아버지가 깊은 밤에 대화를 나누고 있었습니다. 무엇을 위해서 살 것인가, 어떻게 인생을 살아갈 것인가와 같은 진지한 주제의 대화였습니다.

"너에게는 훌륭한 자질이 있단다. 몸도 건강한 편이고 머리도 그만하면 좋은 편이지. 꾸준하게 일을 추진하는 힘도 있고 하지만 문제는 너의 인생 목표가 무엇인가, 무엇을 하고 보람을 느끼며 살아갈 것인가를 분명하게 선택할 필요가 있다는 것이란다."

아들은 한참을 생각하더니 고개를 끄덕이며 아버지의 말이 옳다고 수긍했습니다.

"아버지, 저는 유명해지거나 돈을 많이 벌어야 한다는 목표는 세우고 싶지 않아요. 저는 평생 남을 돕는 일에 인생을 걸고 싶어요."

그러자 아버지는 염려스러운 표정을 지으며 말했습니다.

"애야, 넌 가진 게 없지 않니? 남을 도우려면 네 자신이 무엇인가를 가지고 있어야 하잖니?"

하지만 아들은 자신에 찬 어조로 말했습니다.

"아버지, 걱정하지 마세요. 저에게는 시간이 있잖아요. 시간이야말로 저의 가장 소중한 재산이에요!"

프랑스의 수상을 지냈던 에리오라는 사람이 파티를 열었을 때 그곳에 참석했던 한 외국인이 말했습니다.

"프랑스 사람들은 시간을 금처럼 귀하게 여기는군요."

그러자 그는 이렇게 말을 받았습니다.

"시간은 금보다 귀한 것입니다. 시간은 바로 시간인 것입니다."

우리 앞에 놓여진 시간이야말로 우리가 가꾸어나가야 할 마음밭입니다. 그냥 아무것도 하지 않고 흘려보내면 황무지에 불과하지만 씨앗을 뿌리고 땅을 일구고 비료를 주면, 그 마음밭에서는 금싸라기보다 더 귀한 열매가 알알이 맺게 됩니다.

들꽃이 피는 이유

어느 화창한 봄날, 아름답게 가꾼 정원을 가진 집주인이 앞마당으로 나갔습니다. 정원 가꾸는 것이 취미였던 그는 오랫동안 출장을 다녀와서 정말 오랜만에 앞마당으로 나가게 되었습니다.

하지만 그는 정원의 모습을 보고 놀랐습니다. 앞마당을 환하게 꾸몄던 꽃과 나무들이 죄다 시들어 죽어가고 있는 것을 발견했기 때문이었습니다. 그래서 그는 정원에 있는 나무들에게 그 이유를 물어보았습니다.

버드나무는 자신이 소나무처럼 웅장하고 커다랗지 못하기 때문에 죽어간다고 했고, 소나무는 자신이 감나무처럼 열매를 맺을 수 없기 때문에 시들어간다고 했고, 감나무는 자신이 장미나무처럼 예쁜 꽃을 피울 수 없기 때문에 시들어간다고 했습니다.

그때 그는 시들어가는 것들 중에서 마음껏 생생하게 꽃을 피우고 있는 들꽃 하나를 발견했습니다. 그가 어떻게 된 일인지 이유를 묻자 들꽃이 대답했습니다.

"당신이 저를 심으실 때, 마음껏 편하게 잘 자라나라고 하면서 심으셨기 때문입니다. 저는 당신의 말을 듣고 제 자신의 모습에 충실할 수 있었던 것이지요. 그래서 저는 제 자신으로 이렇게 살 수가 있었어요."

한여름에 산과 들이 온통 푸르름으로 가득 차게 되는 이유는 작은 나뭇잎 한 장, 풀 한 포기가 스스로 제 이름대로 살기 때문입니다. 작은 잎새와 풀 잎들이 자신의 모습대로 최선을 다해 뿜어내는 푸른빛이 모여 온 산과 들은 푸르름으로 가득 차게 됩니다.

우리가 사는 세상도 마찬가지입니다. 빛나는 자리이건 빛이 나지 않는 자리이건 간에 자신이 있어야 할 곳에서 나름대로의 향기를 갖고 살아가는 사람들이 모여 이 세상은 푸른 희망이 가득 차게 됩니다.

아이의 잔꾀

깊은 밤 가을바람에 단풍잎이 떨어지는 소리가 한밤의 정취를 한껏 들려주었습니다. 하지만 그 낙엽소리를 듣고 한 아이가 내일 아침이면 마당을 쓸어야 하는 걱정에 잠을 못 이루었습니다.

'아이참, 단풍잎 때문에 아침마다 잠도 못 자고 일찍 깨어나야 하겠군.'

급기야 무슨 생각이 떠올랐는지 아이는 새벽녘에 자리를 박차고 일어났습니다. 마당으로 뛰어나간 아이는 나무 위로 기어 올라가 뽕잎을 훑듯 주르륵주르륵 가지마다 단풍잎을 모조리 훑고 나서는 마당을 깨끗이 쓸어버렸습니다.

어머니가 아침에 일어나 마당을 보고는 아들의 부지런함을 칭찬했습니다.

"오늘은 어쩌면 그리도 부지런하냐!"

그 말이 떨어지자마자 아이는 자랑스럽게 말했습니다.

"이제는 더 이상 나뭇잎이 떨어지지 않을 테니 아침 일찍부터 깨우지 마세요."

그 말을 듣고 나무 위를 쳐다본 어머니는 어이가 없어 입을 다물 줄 몰랐습니다.

"봄이면 싱싱하고 푸른 잎을 주고, 여름이면 시원한 그늘을 주고, 가을이 되어 꽃처럼 붉게 단풍이 들었는데 그 고마움은 다 잊어버리고 고운 잎을 다 훑어버릴 바에야 뭐 하러 나무를 마당에 심었니?"

눈앞의 닥친 일만 쉽게 해치울 생각에 고운 단풍잎을 훑어버린 아이는 멀뚱멀뚱 하늘만 쳐다보고 있었습니다.

때가 되면 밤이 익어 밤송이가 저절로 벌어져서 통통하게 살찐 알밤을 쉽게 얻을 수 있습니다. 하지만 우리가 성급히 밤송이에서 밤을 꺼내려 한다면 이내 가시에 찔리고, 억지로 밤을 얻기 위해 돌로 내리치면 오히려 밤알은 으깨지고 맙니다. 우리의 모습도 이와 마찬가지입니다. 주어진 하루에 충실한 생활, 현재에 충실한 생활을 하다보면 어느새 성공의 문에 성큼 다가서 있는 자신을 발견하게 될 것입니다.

오랜 기다림

네팔 어느 산간의 작은 마을에 한 여인이 이사와 살았습니다. 그녀는 기나긴 겨울이 다 가도록 단 하루도 거르지 않고 강에 나와 흐르는 강물을 하염없이 바라보고 있었습니다.

마을 사람들이 그 사연을 알아보니 지난겨울 남편이 히말라야의 한 산을 등반하다가 그만 실족을 하여 눈사태에 파묻혀버렸다는 것이었습니다.

그 여인은 남편의 시신을 찾지 못해서 봄이 되고 눈이 녹으면 혹시라도 시신을 발견할 수 있을까 하는 마음으로 기다리고 있는 것이었습니다. 하지만 히말라야는 말할 수 없을 정도로 광대해 어느 곳에서 죽었는지도 모르는 상황에서 남편의 시신을 찾기란 쉬운 일이 아니었습니다.

그러나 여인은 한 가닥 희망의 끈을 놓지 않고 남편의 시신을 찾아 좋은 곳에 장사지내 주기 위해 그 기나긴 시간을 강가에서 기다렸습니다.

어느덧 시간이 흘러서 봄이 돌아오자 따스한 햇살에 눈이 녹고 그것이 강물이 되어 흘러내렸습니다. 그러던 어느 날 저 멀리에서 커다란 물체 하나가 떠내려 왔습니다.

여인은 그 물체를 강에서 끌어내어 붙잡고 따스한 눈물을 흘렸습니다. 그것은 바로 그토록 애타게 기다리던 남편의 시신이었습니다.

함석헌의 시 「그런 사람을 가졌는가」에는 이런 시구가 나옵니다.

"탔던 배 꺼지는 시간, 구명대 서로 사양하며 '너만은 제발 살아다오' 할 그 사람을 그대는 가졌는가."

오직 사랑만이 자신의 모든 것을 내어주고 한 사람으로 인하여 알게 된 아픔과 슬픔을 두려워하지 않을 수 있습니다. 그것이 아무리 힘들고 오랜 기다림을 요구하는 일일지라도 그가 곁에 없는 행복한 삶보다는 그와 함께하는 불행한 삶을 기꺼이 선택할 수 있는 것이 또한 사랑이기도 합니다.

아름다운 신문광고

어느 날 미국의 대표적인 경제지 《월스트리트 저널》에 한 광고가 실렸습니다. 그 광고는 많은 사람들에게 '희망'과 '용기'를 주었습니다.

만약에 그대가 낙심했거든 이런 사람을 생각해 보십시오.

학력은 초등학교를 중퇴하고 시골에서 구멍가게를 열었지만 그나마 파산했습니다.

남으로부터 빌린 돈을 갚는 데 15년이 걸렸습니다.

결혼을 했지만 악처를 만나 가정생활이 행복하지 못했습니다.

상원의원에 입후보하였지만 두 번이나 낙선했고, 하원의원에도 두 번씩이나 떨어졌습니다.

역사에 남는 연설을 했지만 그 당시의 청중은 별로 관심을 보이지 않았습니다.

신문으로부터는 연일 비난을 받았고, 나라의 절반은 그를 벌레처럼 싫어했습니다.

상상해 보십시오. 이런 형편에서도 전 세계의 어느 곳에서건 얼마나 많은 사람들이 이 사람한테서 감동받고 용기를 얻을 수 있었던가를.

그 사람이 죽은 지 100년 이상이 지났는데도 그의 존재는 더욱 새롭고 빛납니다.

그는 바로 미국의 16대 대통령인 링컨입니다.

'절망하기에는 너무 이르지 않습니까? 5분만 더 당신의 인생을 생각해 보십시오.'
예전에 한강 다리에서 자살하는 사람이 하도 많아서 이런 팻말을 써 붙이자 자살하는 사람이 눈에 띄게 줄어들었다고 합니다.
"인생은 학교다. 그곳에서는 행복보다 불행이 더 좋은 교사이다."
젊음에게는 미래가 있다는 사실만으로도 행복합니다. 자신에게 주어진 하루에 최선을 다한다면 안개 속에 숨어 있던 희망의 문이 열리는 것을 볼 수 있습니다.

마음으로 얻은 평화

어느 날 신에게 천재라고 불리는 한 사람이 찾아왔습니다.

"저에게 심각한 문제가 생겼습니다. 해결해 주십시오. 저는 악마 때문에 도저히 살 수 없을 지경에 이르렀습니다. 그는 잘 때도 식사할 때도 쉴 때도 저를 찾아와 끝없이 괴롭힙니다. 그 고통과 괴로움 때문에 도저히 견딜 수가 없습니다."

신은 천재가 하는 말을 가만히 듣고 나서 말했습니다.

"악마가 그렇게 괴롭힌단 말인가? 좋아, 내일 다시 찾아오게. 그러면 해결 방법을 가르쳐 주겠네."

그가 고개를 끄덕이며 떠나가자마자 이번에는 악마가 신을 찾아왔습니다.

"불만이 있어 찾아왔습니다. 조금 전에 어떤 못된 사람이 와서 저를 비난하고 갔지요? 그건 말도 안 됩니다. 오히려 그가 저를 불면에 시달리게 하고 고통 속에 몸부림치게 하고 있습니다. 그는

138

제 집도 재산도 모조리 가져가 버렸으면서도 오히려 저를 비난하고 있습니다. 제발 더 이상 괴롭히지 말고 저의 모든 재산을 돌려달라고 해주십시오."

신은 악마가 하는 말을 가만히 듣고 나서 말했습니다.

"좋아, 모레 다시 오면 그 문제를 해결해 주겠네."

다음날 천재가 다시 신에게 찾아왔습니다.

"어제 네가 악마를 욕했지만 조금 지난 후 악마가 와서 오히려 너에 대한 불만을 이야기하였다. 그는 네가 자신의 재산을 모두 빼앗아가 버렸다고 하면서 불만이 대단하던데……."

그러자 천재는 반박하기 시작했습니다.

"저는 아무것도 빼앗지 않았습니다. 그저 아들 둘 장가보내고 제가 편하게 먹고 살 약간의 금과 보석, 땅 등을 가지고 있을 뿐입니다."

"그래? 그렇다면 금과 보석과 땅을 버리고 모레 다시 찾아오너라."

천재가 그것들을 모두 버리자 갑자기 여러 무리의 악마들이 찾아와 서로 차지하려고 난리를 피워댔습니다. 하지만 그날 저녁 천재는 오랜만에 행복을 맛보았습니다. 음식 맛을 음미하며 배부르게 식사를 하였고 오랜만에 숙면을 취하게 되었습니다.

다음날 일어나자마자 천재는 신을 찾아가 감사의 인사를 했습니다.

"정말 행복한 하루였습니다. 감사합니다."

평화로웠던 하루를 감사하며 천재가 떠나가자 이번에는 악마가 신을 찾아왔습니다.

"어제 저는 처음으로 평화로웠습니다."

먼저 이렇게 말을 꺼낸 악마는 그 이유를 차근차근 설명했습니다.

"저는 언제나 먼저 사람들을 부르지 않습니다. 오히려 사람들이 저를 불러대느라 바쁘지요. 사람들은 저의 재산은 물론 처음부터 제 것인 질투, 오만, 욕심, 거짓, 물질 등을 모두 자신의 것이라고 우겨대며 모조리 가져가려 합니다. 제발 사람들이 와서 그렇게 우기지 않도록 해주십시오. 그리고 내가 자신들을 찾아갔다고 거짓 변명도 하지 말라고 전해주십시오. 이제 사람들도 알아야 합니다. 자기들이 나를 찾지 않으면 나는 절대 찾아가지 않는다는 사실을 말입니다."

하나를 가지면 하나를 더 가지고 싶어 하는 욕망, 남이 잘되는 것을 보지 못하고 험담을 해야 직성이 풀리는 이기심, 꼭 남의 위에 올라서서 이겨야 하는 오만……. 이것은 모두 우리가 악마의 가슴을 두드려서 얻어낸 불행입니다. 너나 할 것 없이 잠들어 있는 악마의 혼을 깨우는 탓에 세상 공기가 탁해지고, 아름다움이 사라져가고 있는 것입니다. 우리가 애써 악마의 집을 방문하지 않는 한 그는 결코 깊은 숙면에서 깨어날 수 없습니다.

조개가 낳은 진주

바다는 맑고 푸른 물과 온갖 아름다운 것들이 모여 있는 곳입니다.

산호가 여기저기서 팔을 벌려 물고기를 환영하고 물고기는 서로서로 사이좋게 지냈습니다. 바다에는 금빛 모래가 소라와 고동과 어울려 놀고 있었습니다. 그 바다에서 특히 게, 새우, 고래, 붕어, 조개 등은 아주 사이좋게 지내고 있었습니다.

게는 다리가 여럿 있어 발이 빨랐고, 새우는 등이 굽어 있기 때문에 누구보다 멀리 뛰기를 잘했습니다. 고래는 덩치가 커서 맏형 역할을 하며 신뢰를 받고 있었고, 붕어는 오동통한 몸과 부드러운 지느러미 때문에 헤엄을 잘 쳤습니다.

하지만 조개는 아무것도 잘 하지 못하는 자신의 모습에 늘 속이 상해 있었습니다.

"나는 왜 다리가 없을까? 나도 빨리 달리고 싶은데……."

조개는 게가 너무 부러웠습니다.

"나는 왜 자유자재로 구부릴 수 있는 등이 없을까? 그러면 나도 멀리 뛸 수 있을 텐데……."

새우가 부러운 조개는 늘 이런 마음이었습니다.

"나는 왜 덩치가 이다지도 작을까? 고래처럼 생겼다면 다른 친구들에게 믿음을 주는 내가 될 수 있을 텐데……."

조개는 덩치 큰 고래도 부러웠습니다.

"나는 왜 지느러미가 없어 붕어가 저렇게 수영할 때 엉금엉금 기어가야만 하는 걸까?"

물고기도 부러운 조개는 늘 자신의 못난 모습만 자꾸 생각이 났습니다.

하루는 그렇게 풀이 죽어 있는 조개를 본 친구들이 찾아와 조개에게 우정 어린 말로 위로해 주었습니다.

"조개야, 넌 정말 멋져. 단단한 껍데기를 가지고 있으니 나쁜 친구들이 괴롭혀도 꿈쩍도 않잖아."

"그래, 맞아. 넌 그 껍데기를 마음대로 열었다, 닫았다 하는 멋진 재주를 가지고 있지 않니?"

친구들이 그렇게 위로해 주었지만 조개는 그 말이 위로가 아니라 비웃음처럼 여겨졌습니다. 그렇게 시간이 지날수록 조개는 마음의 병이 깊어졌습니다. 마음의 병이 곧 몸의 병으로 옮겨가는 것은 어쩌면 당연한 일인지도 몰랐습니다.

조개는 처음에는 그저 살이 가렵더니 조금 지나니 몸살이 났습니다. 그리고 얼마 지나지 않아 살이 찢기는 듯한 아픔이 찾아왔고, 그 아픔은 곧 정신을 차리지도 못할 정도가 되었습니다.

그렇게 시간이 흘러갔고, 조개는 겨우 정신을 차렸습니다. 그리고 자신의 껍질이 조금 열려 있는 것을 보았습니다. 그날따라 강렬한 태양이 자신의 몸을 비추고 있었고 파도도 살랑살랑 어루만져 주었습니다.

바로 그때 조개는 자신의 몸속에서 빛나는 것을 볼 수 있었습니다. 그토록 자신을 아프게 했던 속살 속에 박혀 있는 눈부신 진주 한 알을……

칼릴 지브란은 『삶의 길, 사랑의 길』이라는 책에서 이렇게 이야기했습니다. "어둠이 그대들을 덮칠 때 자신에게 말하라. 이 어둠은 아직 태어나지 않은 새벽이다. 그리고 밤의 진통이 나를 괴롭히지만, 새벽은 언덕에 동트듯이 나에게도 태어나리라."
신은 우리들의 인생에서 기쁨보다 시련과 고통 속에 더 많은 교훈을 숨겨 두었습니다. 혹독한 추위가 몰아치는 겨울에도 언 땅속에는 파란 새싹이 숨어 있는 것처럼 말이죠.

사랑하기 때문에

늘 화목하게 지내던 한 가족이 겨울 방학을 맞아 친척집에 놀러갔다가 돌아오던 길에 차가 빙판길에 미끄러져 그만 교통사고가 나고 말았습니다. 아빠와 엄마와 딸은 다행히도 무사했는데 그만 아들이 크게 다쳐 수술을 해야 했습니다.

피를 많이 흘리는 바람에 피가 모자라 사방으로 수소문했지만 아들과 같은 혈액형을 가진 사람은 8살 난 딸아이뿐이었습니다. 아빠는 조심스레 딸에게 말했습니다.

"얘야, 오빠가 지금 피가 모자라 수술을 못하고 있단다. 오빠에게 너의 피를 줄 수 있겠지?"

딸은 심각한 표정으로 한참을 생각하더니 머리를 끄덕였습니다. 수술은 성공적으로 끝났고 아빠는 딸아이를 감싸 안으며 말했습니다.

"얘야, 너 때문에 오빠가 살아났구나."

기도하는 듯 눈을 감고 있던 딸아이는 아빠의 품에 안겨 갑자

144

기 울음을 터뜨렸습니다.

"아빠, 저는 언제 죽게 되나요?"

"네가 죽다니, 그게 무슨 말이야?"

"아빠, 그러면 내 피를 많이 뽑아냈는데 죽는 게 아니에요?"

병실에 있던 사람들의 시선이 모두 그 아이에게 집중되었고 이내 숙연한 분위기가 느껴졌습니다. 아빠는 흘러내리는 눈물을 닦지도 못하고 아이를 안심시켰습니다.

"애야, 넌 죽지 않는단다. 안심하렴!"

그런 다음 아빠는 목이 메어 말이 잘 나오지 않아 겨우 물었습니다.

"애야, 그렇다면 너는 죽을 줄 알면서 왜 오빠에게 피를 주었니?"

"아빠, 저는 오빠를 사랑하거든요."

사랑은 무엇이 남아돌기 때문에 주는 것이 아니라 자신에게 가장 소중한 것을 주는 것입니다. 자신에게 소중한 것을 주기 때문에 많은 아픔과 힘겨움이 따를 것을 알면서도 주는 것입니다.

당신에게 작은 것 하나밖에 남지 않았다 해도 그 작은 하나를 둘로 쪼개어 나눌 수 있는 넉넉함……. 사랑은 그 작은 하나를 둘로 나누었을 때 더 작아지는 것이 아니라 더욱 크고 아름다워지는 보석이 되는 것입니다.

내일은 없다

조금 어리석은 동생이 형에게 심각한 표정으로 물었습니다.

"형, 도대체 내일이라는 게 뭐야?"

"응, 내일이란 건 오늘 자고 일어나면 오는 거야."

"별거 아니네. 그럼 내일부터 열심히 일해야지."

다음날 동생은 잠을 자고 일어나서 이상하다는 듯 형에게 다시 물었습니다.

"형, 오늘이 바로 어제 형이 말한 내일이지?"

"이 바보야, 오늘이 어떻게 내일이냐. 오늘은 그냥 오늘일 뿐이야. 내일은 오늘 자고 찾아오는 날이야."

다시 다음날 아침이 밝았습니다. 일찍 일어난 동생은 형에게 물었습니다.

"형, 오늘은 진짜 내일 맞지?"

형은 어제 자신이 설명한 그대로 다시 설명해 주었습니다.

"넌 정말 바보구나. 내일은 오늘 자고 나야 찾아오는 새로운 날 이라고 내가 어제도 말했잖아……."

동생은 형의 말을 되새기며 또다시 다음날을 맞았습니다. 그리고 자랑스러운 표정으로 형에게 다시 물었습니다.

"형, 오늘이야말로 진짜 내일 맞지?"

형은 어리석은 동생에게 내일을 어떻게 설명해줘야 할지 몰라 난감해졌습니다. 한참을 생각한 형은 마침내 내일이 무엇인지 설명해 줄 수 있는 말을 떠올렸습니다.

"우리에겐 내일은 없다."

어제와 같은 오늘은 단 하루도 존재하지 않습니다. 내일부터 달라질 것이라고 생각하는 사람에게 결코 달라진 내일은 오지 않는 법입니다. 바로 오늘, 지금부터 달라지는 사람만이 달라진 내일을 맞이할 자격이 있습니다. 아침이 오면 우리의 눈이 떠지는 이유는 단지 일어날 시간이 되었기 때문만은 아닙니다. 지금 우리 앞에 찾아온 '새로운 하루' 라는 기회를 놓치지 않도록 성공의 신이 깨워준 것입니다.

정당한 대가

어느 마을에 큰 식당이 하나 있었습니다. 그 마을에서 가장 크고 호화롭게 장식된 이 식당은 부자들만 즐겨 찾는 곳이었습니다.

그 식당 옆에는 가난한 사람이 살고 있었습니다. 비싼 식당을 한 번도 이용할 수 없었던 그는 한 가지 꾀를 생각해 냈습니다. 그는 의자를 집 밖으로 가지고 나와서 가능한 한 식당 쪽으로 가까운 곳에 자리를 잡고 앉아 그 식당에서 풍기는 맛있는 음식 냄새를 맡아가며 식사를 했습니다.

그는 매일매일 그렇게 식당에서 나오는 냄새를 맡으며 식사하는 것을 즐겼습니다. 그러던 어느 날 놀랄 만한 일이 생겼습니다. 그 식당의 주인이 음식 냄새에 대한 청구서를 가지고 왔기 때문입니다.

화가 난 가난한 사람은 집으로 뛰어 들어가 작은 저금통을 들고 나왔습니다. 그리고 식당 주인의 귀에 대고 그 저금통을 흔들면서 말했습니다.

"나는 당신에게 돈 소리를 들려주었소. 이것으로 당신이 청구한 음식 냄새에 대한 대가를 지불한 것이오."

타인에게 향한 자비와 인정은 자신이 타인에게 베푸는 꼭 그만큼 자신에게 돌아갑니다. 당신이 상대방에게 사랑과 인정을 바란다면 먼저 그에게 사랑과 인정을 베풀어야 합니다.

'주는 만큼 받는다.'는 말이 너무 타산적으로 들릴지도 모르겠습니다. 하지만 우리가 더불어 살아가려면 상대방에게 최소한 그 정도의 예의와 성의는 보여야 합니다.

인생을 빛내는 보석

인생대학으로 가는 길은 무척 험하고 곳곳에 날카로운 돌멩이도 박혀 있어 울퉁불퉁했습니다.

하루는 늘 아스팔트길에 익숙해 있던 한 학생이 조심조심 그 길을 걸어갔습니다.

"에이, 돌부리에 신경 쓰니까 생각도 할 수 없잖아. 편하게 아스팔트를 깔아놓으면 좀 좋아."

땅을 쳐다보면서 길을 걸어가다 보니까 여러 가지 모양의 돌들이 눈에 띄었습니다. 크기도 제각각, 모양도 제각각, 색깔도 제각각인 데다 어떤 것들은 너무 단단하고 또 어떤 것들은 물렁물렁하였습니다. 한참 동안 어떤 돌부리에는 걸려 넘어지기도 하고 또 어떨 때는 돌부리를 밟으면서 지나오자 드디어 인생대학이 보이기 시작했습니다.

인생대학의 총장이 나와 그 학생에게 물었습니다.

"우리 대학까지 오는 길이 어떠했습니까?"

"너무 힘들었고 걸리는 돌부리 때문에 생각은커녕 불평만 늘어났습니다."

그러자 총장이 다시 물었습니다.

"그렇다면 우리 인생대학에 오는 동안에 얻거나 배운 것이 정말 아무것도 없었단 말입니까?"

학생이 그렇다고 하자 총장은 안타까운 듯이 이야기했습니다.

"우리 인생대학으로 오는 동안 당신이 넘어지거나 밟고 온, 거추장스럽게 여긴 숱한 돌들이 실상은 모두 값진 보석들이었소"

학생들이 도자기 공장에 견학을 갔습니다. 진열대에 똑같이 생긴 두 개의 도자기를 보고 한 학생이 안내를 하던 공장장에게 물었습니다.

"이 두 도자기는 똑같은 색깔, 똑같은 모양인데 왜 하나는 이렇게 아름답고 다른 하나는 이렇게 볼품없이 보여요?"

"이 두 도자기는 똑같은 재료를 사용했지만 하나는 불에 달구어지지 않았고 다른 하나는 오랜 시간 불에 구워졌기 때문입니다."

지금 우리 앞에 놓인 수많은 시련들은 고통으로 포장되었지만, 그 포장을 잘 뜯어보면 아름다운 보석이 박힌 행복이 들어 있을 것입니다.

유혹을 이기는 비결

어떤 젊은이가 국민의 존경을 받고 있는 왕을 찾아가 자신은 쉽게 흔들리고 유혹을 참지 못하니 그것을 이기는 비결을 가르쳐 달라고 했습니다.

그러자 왕은 아무런 대답도 없이 자신의 앞에 있던 잔을 들어 포도주를 가득 따라 젊은이에게 주었습니다. 그리고 큰 소리로 한 신하를 불러 명령했습니다.

"이제 이 젊은이가 포도주 잔을 들고 거리를 한바퀴 돌 텐데, 너는 칼을 들고 젊은이의 옆에 있다가 만일 포도주를 한 방울이라도 흘리면 그 즉시 목을 베어버려라!"

거리로 나간 젊은이가 진땀을 흘리며 조심스레 걸어 무사히 왕궁까지 돌아오자 왕은 이렇게 물었습니다.

"거리를 한 바퀴 도는 동안 네가 보고 들은 것을 이야기해 보거라."

"저는 아무것도 보지도 듣지도 못했습니다."

"거리에서 떠드는 아이들이나 시장에서 떠드는 장사꾼들, 그런 소리를 하나도 듣지 못했단 말이냐?"

왕이 성이 난 듯이 큰 소리를 내자 젊은이는 잔뜩 겁을 집어먹고는 말했습니다.

"예, 저는 정말로 아무것도 보지도 듣지도 못했습니다."

그제야 왕은 인자한 목소리로 부드럽게 젊은이에게 충고했습니다.

"그것이 네가 알고자 하는 유혹을 이기는 비결이다. 네가 거리를 돌아다니는 동안 포도주잔에만 온 신경을 집중시키고 있었기에 아무것도 못 들은 것처럼 인생의 곧은 길을 자신 있게 나가려 노력한다면 유혹의 손길이 아무리 거세다 해도 너를 이길 수는 없을 것이다."

〈바위처럼〉이란 노래를 아십니까?
"바위처럼 살아가 보자. 모진 비바람이 몰아친 대도, 어떤 유혹의 손길에도 흔들림 없는 바위처럼 살자꾸나. 바람에 흔들리는 건 뿌리가 얕은 갈대일 뿐, 대지에 깊이 박힌 저 바위는 굳세게도 서 있구나. 우리 모두 절망에 굴하지 않고 시련 속에 자신을 깨우쳐가며……."
우리도 얕은 유혹에 흔들림 없이 자신의 갈 길을 묵묵히 걸어가는 바위 같은 사람이 되어야겠습니다.

믿음의 꽃봉오리

같은 모양과 색깔을 지닌 튤립 세 뿌리가 있었습니다. 그들은 각각 '아니', '혹시', '믿음'이란 이름을 갖고 함께 조그만 상자 바닥에 몸을 맞대고 살고 있었습니다.

그들은 나름대로 자기들의 운명에 대하여 곰곰이 생각했습니다. 먼저 '아니' 뿌리가 말했습니다.

"이 세상 어디를 가도 여기보다 편안한 곳은 없을 거야. 다른 곳으로 가면 죽을지도 모르니 나는 평생 여기에서 살 거야."

그러자 이번에는 '혹시' 뿌리가 말했습니다.

"여기보다 훨씬 더 좋은 곳이 있을지도 모르지. 그곳에서 혹시 나의 꿈을 이루게 될지도 모르는 일이야. 하지만 난 두려워."

마지막으로 '믿음' 뿌리가 말했습니다.

"내 스스로는 아무것도 할 수 없을지 몰라. 하지만 난 내 자신을 믿고 있어. 어떤 변화가 있다 해도 난 나대로의 모습으로 최선을 다하면 꼭 좋은 일이 생길 거야."

그러던 어느 날 거대한 손이 튤립 상자 안으로 내려왔습니다.

'아니'와 '혹시'가 상자 밖으로 나가는 것이 두려워 몸을 움츠리고 있을 때 '믿음'은 그 손에 얼른 안겼습니다. 그리고 부드러운 흙 속에 묻혔습니다. '아니'와 '혹시'는 '믿음'을 어리석다고 비웃었습니다.

그런데 시간이 지나자 흙 속에 묻혀 죽은 줄 알았던 '믿음'이 세상 밖으로 박차고 나왔습니다. 그리고는 아름다운 꽃으로 피어나 세상에 향기를 더하는 삶을 살게 되었습니다.

안주하려고만 하는 우리의 나약한 가슴을 '믿음'이란 온기로 채워야 합니다. 변화라는 것은 낡은 집에 만족하고 안주하는 것이 아니라 새로운 집을 짓고 마음을 열어 새로운 것을 받아들이는 것입니다.
'나는 할 수 있다. 나는 될 수 있다.'는 확고한 신념과 함께 자신의 능력을 믿고 최선을 다한다면 우리 인생 앞에 후회란 있을 수 없습니다.

배우가 흘린 땀방울

한 남자가 세계적으로 유명한 배우가 되기 위해 밤낮없이 온갖 노력을 다했습니다.

그 배우는 얼마 지나지 않아 신기에 가까운 연기를 인정받아 사람들의 입에 오르내리기 시작했습니다. 마침내 대통령은 그를 국민배우로 발탁하게 되었고 국가의 홍보영화에 출연시키려고 마음먹었습니다.

그날도 배우가 온몸이 땀에 흠뻑 젖을 정도로 연습에 열중하고 있었는데 뜻밖에도 대통령이 나타났습니다. 위엄에 찬 얼굴로 배우에게 다가온 대통령은 반갑게 인사를 건넸습니다.

"자네는 항상 그렇게 열심히 연습을 한다고 하더군. 무엇이 그토록 연기에 열중하게 하는 건가?"

그러자 배우는 확신에 찬 목소리로 대답했습니다.

"저는 연기에 제 모든 생을 걸었으니까요."

뜻밖의 대답에 대통령은 흐뭇한 미소를 지으며 말했습니다.

"생애를 걸었다고? 그래, 그렇지. 그것이 바로 삶이 우리에게 대가를 주는 비밀이고말고."

모든 사람들에게 실패는 단 하나의 이유로 귀결됩니다. 당신에게 무슨 일이 안 되는 것은 당신이 그만큼 간절히 원하지 않았기 때문입니다.

세상 일에는 될 듯하면서도 안 되고, 할 수 있을 것 같으면서도 안 되는 일이 많이 있습니다. 그때 자신의 모든 생을 내걸고 간절히 기원해 보세요. 그것이 일이든 사랑이든 한여름 타는 목마름에 물 한 모금을 원하는 그런 간절함으로 최선을 다해야 합니다.

감사를 아는 마음

어느 곳에 '불평마을'과 '감사마을'이 나란히 이웃해 있었습니다. 두 마을은 서로 잘 지내보자는 뜻으로 자매결연을 맺었습니다.

그리고 교류를 왕성하게 하기 위한 일환으로 각 마을의 청년 한 명을 뽑아 서로의 마을에 유학을 시키기로 했습니다. 먼저 불평마을의 청년이 감사마을로 건너가 공부를 했는데 몇 년 간을 연구한 끝에 '감사마을대학 감사박사 학위'를 따게 되었습니다.

불평마을에서는 환영회가 열렸고 기념식장에서 청년은 연설을 하게 되었습니다. 불평마을 사람들은 감사마을 사람들이 어떻게 사는지 궁금하다는 표정으로 연설을 들었습니다.

"그 마을은 정말 한심하더라구요. 툭하면 감사, 감사……! 저는 별로 배운 것도 없이 지겨운 감사 소리만 듣고 왔어요."

이번엔 반대로 불평마을로 감사마을의 한 청년이 유학을 갔습니다. 떠나는 자리에서 그 청년은 나름대로 자신의 포부를 이야기했습니다.

"저는 불평마을의 좋은 풍습, 예술, 문화를 배워 와서 우리의 문화에 접목시키는 새로운 시도를 해보고 싶습니다."

그 청년 역시 학구열이 대단해서 짧은 시간임에도 불구하고 '불평마을대학 불평박사 학위'를 따서 귀국하였습니다. 마을 사람들이 그를 환영하기 위해 모인 자리에서 그 청년은 짧게 자신의 의견을 이야기했습니다.

"오늘이 있게 한 것은 저의 공이 아닙니다. 감사하는 일이 얼마나 소중하고 아름다운 일인지 가르쳐준 불평마을 사람들에게 진심으로 감사드리는 바입니다."

"자신에게 준 것은 언제나 되돌려 받는다. 삶은 부메랑이다. 우리들의 생각, 말, 행동은 언제가 될지는 모르나 틀림없이 되돌려 받는다. 그리고 그것들은 희한하게도 우리 자신을 명중시킨다."
불평의 말이건 감사의 말이건 언젠가는 메아리가 되어 우리의 삶에 스며들게 됩니다. 자신에게 주어진 것에 불평만을 내뱉는 사람은 불평의 값어치를 가진 사람이 되고, 감사를 연발하는 사람은 감사의 값어치를 가진 사람이 되는 것이 인생의 법칙입니다.

불행의 시작

어느 마을에 고리대금업을 하여 크게 부자가 된 사람이 살고 있었습니다.

그는 처음엔 친척들에게 돈을 빌려주다가 이자 받는 것에 재미를 들여 사채놀이를 하게 되었고, 거기서 다시 돈을 모아 고리대금업을 하게 되었던 것입니다.

그가 어느 날 마을 공원에서 산책을 하고 있었습니다.

나이가 들어갈수록 별로 좋지 않은 일로 돈을 번 것에 대해 회의감을 느껴오던 부자는 공원 한구석에 있는 호수 앞에서 자신의 과거를 생각하게 되었습니다.

그런 그에게 한 꼬마가 다가왔습니다. 그 꼬마는 부자의 호주머니에서 약간 튀어나와 있는 손수건을 무슨 값진 물건이라고 생각했는지 슬금슬금 빼내는 것이었습니다. 이것을 금세 눈치 챈 그의 비서가 부자에게 귀엣말로 속삭였습니다.

"회장님, 옆의 꼬마가 회장님의 손수건을 훔치고 있는 것 같습니다."

그러자 그는 대수롭지 않은 일인 듯 대답했습니다.

"뭐, 그냥 놔두게. 나도 그런 작은 일부터 시작해 여기까지 이르렀으니……."

모든 불행은 아주 작은 실수에서 시작됩니다. 처음 길들여진 작은 나쁜 버릇은 우리의 인생을 뒤흔들고야 마는 못된 습관으로 고정되기 일쑤입니다. 지금 잘못된 습관으로 인해 삶의 목적지가 0.001㎜ 벗어난 것을 작은 것으로 치부하여 대수롭지 않게 여긴다면, 아마 10년쯤 후에 우리 인생은 이미 되돌릴 수 없을 만큼 어긋나 있을 것입니다.

마음이 따라올 때까지

영국의 사냥꾼들이 아프리카로 사냥을 떠났습니다. 며칠 동안 맹수를 찾아다녔지만 발자국조차 찾아내지 못했던 일행은 겨우겨우 맹수들이 몰려 있는 곳을 찾아내었습니다.

사냥꾼들은 신이 나서 맹수를 쫓기 위해 급히 달려갔습니다. 그런데 얼마 가지 않아서 아프리카 현지에서 고용한 원주민들이 뛰던 걸음을 멈춰서는 것이었습니다. 한 사냥꾼은 너무 화가 나서 원주민 우두머리에게 따지듯 물었습니다.

"이 중요한 시기에 사냥감을 쫓다가 멈추면 어쩌자는 거요?"

그러자 원주민 우두머리는 태연히 대답했습니다.

"우리는 너무 빨리 달려왔습니다. 그 바람에 마음을 뒤로 남겨 둔 채 몸만 앞질러서 달려왔습니다. 그러니까 지금은 여기 서서 마음이 뒤따라올 때까지 몸이 기다려야 하는 겁니다."

영국인 사냥꾼은 더욱 화가 나서 소리쳤습니다.

"아니, 세상에 그런 법이 어디 있소? 몸이 가면 마음도 따라가는 것이 아니란 말이오?"

원주민 우두머리는 여유 있게 말했습니다.

"우리는 목표물을 찾았다고 정신없이 뛰지만은 않습니다. 급히 서두르기만 한다고 좋은 것은 하나도 없는 법입니다. 삶에 있어서 때론 여유로운 시선으로 주위를 둘러보는 것도 중요하다는 것을 우리는 알고 있으니까요."

때론 가던 길을 멈추고 그 길을 넉넉하게 바라보는 눈빛이 필요합니다. 어쩌면 우리는 자신이 가는 길의 끝이 어디인지, 그 길의 끝엔 무엇이 있는지 잊어버리고 무작정 뛰어가고 있는지도 모릅니다. 가끔은 조용히 나만의 시간으로 돌아와 여유 있는 모습으로 주위를 돌아보는 것도 먼 길을 가는 우리에게 필요한 일입니다.

하늘에서 본 경기

어릴 때 어머니를 잃고 아버지와 단 둘이 사는 청년이 있었습니다. 그는 미식축구를 워낙 좋아했기 때문에 중학교, 고등학교를 다 체육특기자로 들어갔지만 그리 뛰어난 선수라고 할 수는 없었습니다.

청년은 늘 후보선수였기에 정식 경기는 단 한 번도 뛰어본 적이 없지만 언젠가는 주전선수가 될 거라는 희망을 품었고, 그런 그에게 아버지는 늘 큰 힘이 되어주었습니다. 아버지는 언젠가는 아들이 당당히 경기장에서 뛸 수 있다는 기대감에 항상 경기장을 찾았습니다.

고등학교를 졸업할 무렵에는 그를 받아주려는 대학 하나 없었지만 그의 성실한 훈련 자세가 팀에 보탬이 될지도 모른다고 생각한 한 감독이 다행히 그를 스카우트했습니다. 그 소식을 들은 아버지는 너무도 기뻐하며 한꺼번에 4년 치 경기 입장권을 사버렸습니다.

하지만 아버지의 기대에도 불구하고 그는 대학졸업 무렵까지 단 한번도 경기에 출전하지 못했습니다. 그래도 아버지는 그 대학의 게임이 있을 때마다 늘 관중석의 한 자리를 지켰습니다.

그런데 졸업을 앞둔 마지막 경기 전날 청년의 아버지가 갑자기 돌아가셨습니다. 그는 아버지에게 한 번도 경기를 뛰는 모습을 보여주지 못한 자신이 너무 원망스러웠습니다.

다음날 대학 시절의 마지막 경기가 시작되었습니다. 상대 팀의 공격이 계속 이어졌고 후반으로 넘어가자 경기는 3점 차이로 그의 팀이 지고 있었습니다. 그는 담배만 피워대고 있던 감독을 찾아가 제발 한 번만 시합을 뛰게 해달라고 눈물로 호소했습니다.

감독은 실전 경험이 없는 그가 시합을 뛰는 것은 무리라고 생각했지만 눈물을 흘리며 사정하는 모습이 안쓰러워 허락했습니다. 하지만 경기장에 나선 그는 어떤 선수보다도 빨랐고 누구보다도 정확하게 패스했습니다. 마침내 그는 동점을 만들더니 경기 종료 30초를 남겨두고 자신의 손으로 직접 역전을 시켜버리는 기적을 연출했습니다.

경기가 끝난 후 감독이 청년을 붙잡고 장하다고 소리치자 그는 울먹이며 말했습니다.

"감독님, 아버지는 모든 경기를 보러 오셨지만 제가 뛰는 모습을 단 한 번도 보실 수가 없었습니다. 사실 제가 시합을 뛰는지, 못 뛰는지도 모르셨죠. 제 아버지는 장님이셨기 때문입니다. 하지만 하늘나라에서 오늘 처음으로 제가 경기하는 모습을 보셨을 거예요."

사랑의 힘은 위대합니다. 그 중에서도 우리 부모님들의 자식 사랑은 이 세상 어느 것과도 비교할 수 없을 만큼 크고 넓습니다. 그에 미치지는 못하지만 자식의 부모님에 대한 사랑도 지극합니다.

우리 선인들은 부모님이 돌아가시면 3년 동안 무덤을 지키며 잘 먹지도 않고 잠들지도 않으면서 부모님 살아생전 못 다한 효도를 다했습니다. 오늘 부모님에 대한 사랑을 기억하며 효도의 의미에 대해 되새겨보는 시간을 갖기를 바랍니다.

일하는 자의 행복

어느 날 한 사원이 사장에게 이런 불평을 늘어놓았습니다.

"사장님, 그래도 제가 대학까지 나왔는데 50만 원이라는 월급은 너무 적은 것 아닙니까? 대학을 나올 때까지 들어간 돈만 해도 얼만데 한 달 동안 일해 받은 돈이 그것밖에 안 된다고 생각하면 스스로가 불쌍해지기까지 합니다."

"그래? 그럼 집에서 뒹굴고 놀면서 50만 원을 받는다면 어떻겠나?"

"그거야 당연히 좋은 일이죠."

그의 대답에 사장은 한 가지 제안을 했습니다.

"좋아. 그렇다면 내일부터 회사에 나오지 않아도 50만 원을 주겠네. 하지만 그냥 공짜로 돈을 받는다는 것은 있을 수 없지 않은 가. 그러니 집에서 놀면서 매일 종이에 '보람'이라는 글자를 천 번씩 적는 걸세. 글씨가 크든 작든, 볼펜으로 쓰든 연필로 쓰든 상관

없네. 단 직접 손으로 '보람'이라는 글자를 매일 천 번씩 적기만 한다면 내가 매달 50만 원을 주겠네."

그는 처음에는 논다는 생각에 신이 났지만 일주일이 지나고 열흘이 지나면서 지겨워지기 시작하더니 보름쯤 되자 미칠 것만 같았습니다.

그는 한 달을 채우려 했지만 결국 채우지 못하고 사장을 찾아가 부탁했습니다.

"사장님, 제발 이 일을 멈추게 해주십시오. 몸이 근질거려 미칠 것만 같습니다. 제발 저에게 일을 주십시오."

"왜 돈이 적어서 그러나? 그러면 100만 원을 주면 어떤가. 그러면 계속할 텐가?"

그는 다시 생각하기도 싫다는 듯이 고개를 가로저으면서 거절했습니다.

"사장님, 아무리 많은 돈을 주셔도 하기 싫은 일을 억지로 하는 것은 더 이상 싫습니다."

사장은 사원의 행동을 보고 웃으면서 말했습니다.

"설사 아무리 많은 돈을 받더라도 '보람'이라고 종이에 적는 것만으로는 아무 의미도 없을 뿐더러 마음만 공허해진다네. 그것은 진짜 보람이 없는 일이기 때문이네. 이제부터는 돈을 보고 일을 하는 게 아니라 보람을 보고 일을 하게. 일을 통해 보람을 느끼면 자연스레 그 일을 더 잘하게 되고, 그러다 보면 덩달아 월급도

올라가는 것은 당연하니까!"

사람들은 사회적 명성이나 높은 지위, 그리고 많은 돈을 버는 것을 성공이라고 생각합니다. 하지만 과연 그런 것을 얻는 것만이 꼭 성공한 인생일까요? 성공은 자신이 잘 할 수 있는 일을 하고, 자신이 간절히 원하는 일을 하면서 사는 삶이 아닐까요?

자신이 원하던 일을 하다보면 싫어서 마지못해 하는 일보다는 더 많은 노력을 하게 될 테고, 그 노력은 언젠가는 사람들이 인정하게 되는 법입니다. 결국 사람들이 말하는 큰 성공은 거두지 못한다 해도 반드시 그 일에 보람을 느끼게 될 것입니다. 자신의 인생을 헛되이 살지 않았다는 보람이야말로 인생 최고의 성공이 아닐까요?

4 무지개가
뜨는 자리

못생긴 돌멩이

자신의 못생긴 모습을 슬퍼하는 돌멩이가 있었습니다.

"난 왜 이렇게 못생겼을까? 돌멩이들 중에서도 예쁘고 색깔이 고운 돌멩이가 많은데 나는 왜 이 모양일까. 남들은 다 같은 돌멩이인데 예쁘면 뭘 하냐고 이야기할지 모르지만 사실은 그렇지 않지. 사람들의 눈에 띄어 행복하게 살고 있는 친구들도 많은데 난 못생겼다는 이유로 늘 아무데나 굴러다니잖아!"

돌멩이는 못생긴 자신을 서러워하며 남모르게 눈물을 흘리고 있었습니다. 작은 씨앗 한 톨을 품고 돌멩이의 위를 스쳐가던 하늬바람이 물었습니다.

"넌 왜 그렇게 슬프게 울고 있니?"

"친구들은 다 사람들이 예쁘다고 주워가서 이곳을 떠나는 데 나만 이렇게 남아 있잖아. 내 친구들은 사람들이 사는 거실을 아름답게 꾸며주거든."

하느바람은 빙그레 웃으며 말했습니다.

"너도 사람들이 집으로 데리고 가주었으면 좋겠지?"

"응!"

하느바람은 못생긴 돌멩이의 마음을 다 알겠다는 듯 시원한 손길로 돌멩이를 어루만져주었습니다.

"하지만 그렇게 슬퍼할 필요는 없단다. 사람들이 가지고 간 네 친구들은 겨우 방 한 칸을 꾸미고 있을 뿐이지만 넌 이 지구별을 아름답게 꾸미고 있잖아. 하느님은 너에게 그런 막중한 임무를 주신 거야. 알겠지? 못생겼다고 생각하는 너와 예쁘다고 생각하는 너의 친구들이 함께 어울려야 이 세상은 아름다울 수 있어."

세상은 수많은 다른 것들이 서로 어우러져 아름다운 풍경을 만들고 있습니다. 참 다른 모습과 참 다른 환경 속에서 자란 '너'와 '내'가 모여 세상은 비로소 '우리'라는 제 색깔을 찾게 되는 것입니다.

이제 더 이상 우리의 손이 세상의 잘나고 보기 좋은 것에게만 열광하며 박수를 치는 데 사용되어서는 안 됩니다. 우리의 손은 일등을 한 사람이 아니라 일등을 하지 못한 다수의 사람을 위한 것입니다. 최선을 다한 꼴찌들에게 보내는 박수나 힘겹게 살아가는 이들에게 내미는 따스한 악수 속에 두 손이 놓여 있어야 합니다.

끝없이 자라는 꿈

　　　　　세계에서 제일 높은 에베레스트 산에 꽂혀 있는 등정 깃대에는 '1953년 5월 29일 에드몬드 힐러리'라고 적혀 있습니다. 가장 험하고 가장 높다는 에베레스트 산을 제일 처음 등반한 사람이 에드몬드 힐러리지만 그도 처음부터 등반에 성공한 것은 아니었습니다.

　1952년 그는 피나는 훈련 끝에 등반을 시작했지만 결국 실패하고 나서 영국의 한 단체로부터 에베레스트의 등반에 관한 연설을 부탁받았습니다.

　그는 연단에서 에베레스트 산이 얼마나 험하고 등반하기 힘든 산인가에 대해서 사람들에게 설명했습니다. 그러자 연설을 듣고 있던 한 사람이 에드몬드에게 질문을 던졌습니다.

　"그렇게 힘든 산이라면 두 번 다시는 등반하시지 않을 겁니까?"

　그는 주먹을 불끈 쥐고는 지도에 그려져 있는 에베레스트 산을 가리키면서 이렇게 대답했습니다.

　"아니오. 나는 다시 등반할 것입니다. 첫 번째는 실패했지만 다음번엔 꼭 성공할 테니까요. 왜냐고요? 에베레스트 산은 이미 자랄 대로 다 자랐지만 나의 꿈은 아직도 계속 자라고 있으니까요."

일본의 거대한 기업을 이끌면서 '경영의 신'이라는 호칭으로 불리고 있는 마쓰시다 고노스께에게 한 기자가 실패한 경험이 있는지를 물었습니다.
"저는 단 한 번도 실패란 것을 해본 적이 없습니다. 실패했을 때 포기해 버리면 그것은 실패가 됩니다. 하지만 그럼에도 불구하고 절망하지 않고 성공할 때까지 끝까지 밀고 나간다면 그것은 실패가 아니니까요."
같은 실패를 경험한다고 해도, 그것을 독약으로 받아들여 쓰러지는 사람이 있는 반면에 그것을 영양제로 받아들여 더더욱 힘을 내서 달리는 사람도 있습니다.

사막에서 필요한 것

사막을 건너다니며 보석장사를 하는 상인들이 있었습니다. 먼 길을 가다 오아시스를 만난 상인들은 그곳에다 짐을 풀고 쉬기로 했습니다.

그러던 중 한 상인이 일부러 자신의 상자에서 큰 보석 하나를 꺼내 떨어뜨렸습니다. 그는 자신의 보석을 집어 들면서 자랑을 해댔습니다.

"이런 보석은 아마 세상에 몇 개 없을 거야. 부르는 게 값이지."

그의 말을 옆에서 듣고 있던 다른 상인이 반박했습니다.

"그런 보석은 내게 다섯 개나 있다고. 보석은 나 정도는 가지고 있어야 자랑할 만하지."

서로 보석을 자랑하느라 정신이 없는 두 상인을 보고 있던 나이 든 상인이 말문을 열었습니다.

"여보게들, 내 경험담을 하나 이야기해 주지. 젊은 시절 보석장사를 나섰다가 사막에서 큰 소용돌이를 만나게 되었지. 겨우 정신을 차렸을 땐 동료도 낙타들도 모두 죽어 있었어. 몹시 목이 말라 물을 마시지 않으면 죽어버릴 것 같아 여기저기를 헤매게 되었네. 입안이 바싹바싹 타들어가는 데도 물은 보이지 않던 차에 낙타의 등에 달린 물병 같은 것을 보게 되었네. 있는 힘을 다해 거기까지 기어가서 그것을 열어보았네. 그런데 그것은 물이 아니라 보석 상 자였네. 그때 나는 알게 되었지. 그 보석들이 물 한 방울보다 못한 하찮은 것이라는 사실을."

나이 든 상인은 마지막 한마디를 던지고 자리를 떠났습니다.

"이보게 젊은이들, 보석이란 것이 우리 인생에서 뭐 그리 대단 한 것은 아닐세."

물질은 우리로부터 많은 것들을 멀어지게 하고 있습니다. 친구와 사랑, 마음의 평화 같은 것이 우리를 떠나고 있습니다. 우리는 돈이나 물질 때문에 혼란스러워합니다. 때로는 우정과 돈을 맞바꾸고, 때로는 사랑과 돈을 맞바꾸고, 심지어 자신의 삶과 돈을 맞바꾸는 사람도 있습니다. 하지만 돈을 잃어버린 후에야 비로소 깨닫게 됩니다. 우리가 잃어버린 건 단순히 돈뿐만 아니라 세상의 수많은 아름다운 것들이라는 사실을 말입니다.

희망을 던지는 야구경기

존슨은 퇴근 후에 지친 몸을 이끌고 집으로 돌아오고 있었습니다. 동네 한구석에 마련되어 있는 운동장 근처에 왔는데 발 앞으로 공 하나가 떨어졌습니다. 존슨은 그 공을 주워들었습니다.

잠시 후 한 아이가 왼손에 글러브를 끼고 달려와 존슨에게 손을 내밀었습니다.

"아저씨, 죄송해요. 공 좀 주세요. 우리 팀 투수가 또 홈런을 맞았거든요."

그런데 존슨은 이상한 것을 느꼈습니다. 홈런을 맞았다면 기분이 나빠야 할 텐데 아이의 얼굴은 이상스러울 만큼 밝은 표정이었습니다.

"넌 너희 팀 투수가 홈런을 맞았는데도 서운하거나 화가 나지 않니?"

"아뇨. 금방 홈런을 쳤던 아이는 원래 홈런을 잘 치는 아이거든요. 우리 팀 투수가 최선을 다해 던지다 맞은 건데 할 수 없잖아요."

"지금 점수가 몇 대 몇이니?"

"7대 2로 상대 팀이 이기고 있어요."

존슨은 그 아이가 변하지 않는 표정으로 웃고 있는 것이 점점 의아해져서 다시 물었습니다.

"그럼, 지금 몇 회니?"

"9회 초예요."

"안됐구나! 그럼 너희가 졌구나. 하지만 실망하지는 마."

그러자 아이는 의아한 표정으로 존슨에게 되물었습니다.

"아저씨, 제가 실망을 왜 해요? 아직 우리에게 한 번의 공격이 남았는데!"

그 말을 뒤로하고 아이는 힘차게 운동장으로 달려갔습니다.

영화 《사운드 오브 뮤직》에는 영원히 잊혀지지 않을 대사가 나옵니다. "하느님이 하나의 문을 닫았을 때에는, 어딘가에서 창문을 열고 계신답니다(When the Lord closes a door, somewhere he opens a window)." 우리가 헤어날 수 없는 절망이란 없습니다. 아무리 어렵고 힘든 상황이라 할지라도 자신의 인생을 쉬이 내던져 버리지 마세요. 꽃은 세상이 모두 잠든 어두운 밤에도 새벽의 꿈을 잃지 않고 성장의 의지를 불태우기 때문에 아름답게 피어날 수 있는 것입니다.

진짜 값진 돈

        돈도 많이 가지고 있고 아름다운 저택에다가 착한 아내까지 더 이상 부러울 것이 없는 부자가 있었습니다. 하지만 이 부자에게는 걱정거리가 하나 있었는데 그것은 다름 아닌 게으르고 방탕한 아들 때문이었습니다.

    부자는 지금 아무리 재산이 많다 한들 아들에게 상속된다면 얼마 안 가 빈털터리가 될 것이 뻔하다고 생각했습니다. 오랫동안 고심했던 부자가 어느 날 아들을 서재로 불렀습니다.

    "애야, 네 힘으로 일해서 50만 원만 벌어온다면 너에게 모든 유산을 물려주겠다."

    아들은 어머니에게 부탁하여 50만 원을 빌려서 일주일 뒤 아버지에게 자신의 손으로 번 돈이라며 내밀었습니다. 그런데 부자는 그 돈을 받아들더니 갑자기 난로에 던져버렸습니다.

    "이건 네가 번 돈이 아니야!"

    아들이 다시 어머니에게 돈을 빌려 갖다 주면 부자는 그때마다 난로 속으로 돈을 던져버렸습니다. 친척들에게, 친구들에게 빌려

와도 아버지가 어떻게든 알게 되자 아들은 어쩔 수 없이 막노동판에 뛰어들었습니다. 겨우 한 달 만에 50만 원을 벌어서 집으로 돌아가는 아들은 흐뭇했습니다.

하지만 자랑스럽게 내민 아들의 돈을 부자는 또 난로 속으로 던져버렸습니다. 아들은 깜짝 놀라서 불속을 헤집고 그 돈을 꺼냈습니다.

"아버지 해도 해도 너무하십니다. 이 돈을 버느라 한 달 동안 온갖 고생을 다 했습니다."

그때야 부자는 유쾌하게 껄껄 웃으며 말했습니다.

"그래, 이번에야말로 네가 진짜 번 돈이구나."

자신의 삶에 주어진 땀과 눈물을 사랑하십시오. 아무리 하찮은 것일지라도 자신의 노력이 들어간 삶이라면 그것이 무엇이든 소중하고 귀하게 느껴질 것입니다. 땀 흘려 최선을 다해 일하고 나면 그 어떤 비싼 음료수보다도 시원한 냉수 한 컵이 훨씬 맛있고 값진 것이라는 사실을 깨달을 수 있습니다.

지워지지 않는 자국

　　　　　　　성질이 난폭하고 싸움을 즐기는 청년
이 있었습니다. 청년은 결국 친구를 때려 상처를 입히는 바람에
그 일을 수습하느라 그의 아버지가 몹시도 애를 먹었습니다.

　겨우겨우 얼마의 돈으로 합의해서 감옥에 갇히는 신세는 면할
수 있었지만 병원이다, 경찰서다 돌아다닌 아버지의 고생은 이만
저만이 아니었습니다. 그런데도 아버지는 아들에게 화 한 번 내지
않았습니다.

　아들은 죄책감을 견디다 못해 아버지에게 용서를 빌었습니다.
그러자 아버지는 아들의 손을 잡고 말했습니다.

　"애야, 이제부터 네가 잘못할 때마다 벽에 못을 하나씩 박을 것
이고, 좋은 일을 하면 못을 하나씩 빼낼 것이다."

　하지만 아버지의 용서에도 불구하고 아들의 행동은 쉽게 고쳐
지지 않았고 벽에는 자꾸만 못이 늘어갔습니다.

　어느 날 벽에 박힌 못을 본 아들은 이제부터 그 못을 빼내겠다

고 마음먹었습니다. 하나씩 좋은 일을 해서 못을 빼나가던 청년은 마침내 마지막 한 개를 빼낸 후 자랑스럽게 말했습니다.

"보세요, 아버지. 이제 벽에 못이 하나도 남지 않았습니다."

아버지는 벽을 뚫어지게 쳐다보면서 아들에게 영원히 잊혀지지 않을 말을 남겼습니다.

"그래, 못이 하나도 남지 않았구나. 하지만 애야, 못이 박혀 있던 구멍 자국은 결코 지울 수가 없단다."

영국의 철학자 J. 벤담이 말했습니다.
"습관은 내리는 눈과 같은 것이다. 처음에는 소리도 없이 떨어지지만 알아차린 때는 새하얗게 쌓여 있다. 습관도 처음에는 뭐라고 할 수 없는 하나의 행동에 불과하다. 그러나 깨달았을 때는 거기에서 도망갈 수 없게 된다. 그리고 바람이 불고 눈사태가 일어나 산기슭의 집이나 주민을 위협하듯이, 나쁜 습관이 모이면 그 하나하나가 그 사람의 성실성이나 인격을 파괴해 버린다."

아버지의 나침반

더운 여름날 한 부자가 여행을 하고 있었습니다. 아들은 너무도 목이 마르고 더웠고 자신들이 목표로 했던 도시에 언제 도착할 수 있는지 궁금했습니다. 표지판도 없고 인적 하나 없는 곳인지라 아버지는 지도와 나침반을 들고 어디로 가야 할지 확인하고 있었습니다.

아들은 불안해진 마음으로 불만을 털어놓기 시작했습니다.

"아버지, 이러다간 목적지에 도착할 수 없을 거예요."

그래도 아버지가 지도와 나침반만 뚫어지게 보고 있자 아들은 성난 목소리로 한마디 했습니다.

"아버지, 제발 빨리 좀 걸으세요! 빨리 가야 도착할 수 있을 것 아니에요."

그러자 아버지는 오던 방향의 반대쪽을 가리키며 말했습니다.

"얘야, 우린 다른 방향으로 걸어왔어."

방향을 돌려 몇 시간을 걷다보니 찾던 목적지가 나타났습니다.

잠시 앉아 휴식을 하던 중에 아버지가 평소 자신이 소중하게 여기던 나침반을 아들에게 주면서 말문을 열었습니다.

"애야, 인생에 있어서 얼마나 빨리 가느냐는 그리 중요한 것이 아니란다. 삶에 있어 더 중요한 것은 방향이라는 사실을 늘 잊지 말아야 한단다. 이 나침반이 네가 그런 삶을 살아가는 데 많은 도움이 되었으면 좋겠구나."

인생에서 중요한 일은 자기가 가고 싶은 곳을 알고 어떤 인생길을 걸어가야 하는가를 명확히 아는 것입니다.

"목표를 세우지 않고 살아가는 사람들은 명확한 목표를 세우고 살아가는 사람에 의해 지배되는 필연적인 운명을 지니고 있다."

당신은 그저 빠르게만 달리느라 자신이 가고자 하는 그 반대의 길로 달려가고 있을지도 모릅니다. 지금 어디론가 쉴 새 없이 뛰고 있지만 어디를 향해, 무엇을 향해 뛰고 있는지 잊은 것은 아닙니까?

소년이 만난 하느님

하느님을 꼭 만나고 싶어 하는 소년이 있었습니다. 하루는 소년이 하느님을 만나야겠다는 생각에 초콜릿과 음료수 한 병을 배낭에 넣고 아침 일찍 여행을 떠났습니다.

"나는 오늘 꼭 하느님을 만나고 돌아올 거야."

오전 내내 길을 걷다가 소년은 한 공원에 도착했습니다. 잠시 쉴 자리를 찾는데 공원의 벤치에서 먼 곳을 바라보고 있는 한 할머니가 앉아 있는 것을 보았습니다.

먼 거리를 걸어 지치고 배가 고파진 소년은 벤치 한쪽에 앉아 초콜릿과 음료수를 꺼내었습니다. 그런데 옆을 보니 할머니도 배가 고파 보여서 소년은 초콜릿과 음료수를 나눠 드렸습니다. 할머니의 얼굴에는 소년의 행동을 기특해하고 고마워하는 미소가 가득 퍼졌습니다.

간식을 다 먹고 난 후에는 할머니는 소년에게 재미있는 옛날이야기를 해주었습니다. 할머니의 이야기가 너무 재미있어서 시간이 가는 줄 몰랐는데 어느새 해가 지고 있었습니다.

소년이 집으로 돌아가야 한다고 말하고 벤치에서 일어서는 순간 할머니는 소년을 꼭 안아주었습니다. 소년은 왠지 모르게 기분이 좋아져서 할머니에게 고맙다는 인사를 하고 집으로 돌아왔습니다.

소년이 돌아오기를 기다리고 있던 엄마는 소년이 환한 미소를 띠고 집안으로 들어오자 궁금한 듯 물었습니다.

"오늘 무엇을 했는데 그렇게 기분이 좋니?"

소년은 대단한 자랑인 듯 밝은 미소로 이야기했습니다.

"엄마, 실은 저 오늘 하느님을 만났어요. 하느님은 제가 생각했던 것보다 훨씬 더 자상하고 맑은 미소를 가지고 계셨어요."

소년보다 조금 더 공원에 머물던 할머니도 날이 어두워져 집으로 돌아왔습니다. 오랜만에 너무 행복해 보이는 어머니의 얼굴을 본 아들이 물었습니다.

"어머니, 오늘 무슨 좋은 일 있으세요?"

할머니가 웃으며 대답했습니다.

"사실 오늘 공원에서 하느님을 만났단다. 그분과 초콜릿, 음료수를 먹으며 온종일 이야기를 했지. 그리고 말이야…… 그분은 내가 생각했던 것보다 훨씬 젊으시더구나!"

신은 멀고 높은 곳에 있지 않습니다. 가장 낮고 가까운 곳에서 우리에게 마음의 눈을 뜨라고 속삭이고 있습니다.

때로는 사람들의 미소 속에서, 때로는 힘겨운 이를 위해 내미는 도움의 손길에서, 때로는 좌절하는 이들에게 건네는 따스한 말 한마디에 숨어서 신은 사람들에게 이렇게 속삭입니다.

" '나' 가 아니라 '우리' 라고 생각할 때 내 모습이 더 잘 보일 것이다."

구두쇠가 남긴 말

오직 돈 밖에 모르고 돈 모으는 것에만 혈안이 되어서 가족도 친척도 친구들도 거들떠보지 않는 지독한 구두쇠가 살고 있었습니다. 구두쇠는 사채놀이도 하고 급매로 나온 토지나 건물을 사서 비싸게 되파는 등 온갖 수단과 방법을 가리지 않고 돈을 모았습니다.

그렇게 악착같이 돈을 벌어 많은 재산을 소유하게 된 구두쇠는 여태껏 고생했으니 이제는 모은 돈으로 노후를 안락하게 지내겠다고 마음먹었습니다. 지금부터는 오직 자신에게 펼쳐진 장밋빛 인생을 즐기는 일만 남았다고 생각했습니다.

그런데 그날 갑자기 저승사자가 집으로 찾아왔습니다. 저승사자는 죽을 때가 다 되었다고 하면서 그를 저승으로 데려가려고 하였습니다. 구두쇠는 제발 좀 살려 달라고 저승사자의 손을 잡고 매달렸지만 저승사자는 꿈쩍도 하지 않았습니다.

구두쇠는 필사적으로 매달리며 애원했습니다.

"제발 한 달만 더 살게 해주십시오. 그러면 제 재산의 삼분의 일을 그냥 드리겠습니다."

하지만 저승사자는 어림도 없다는 반응을 보였습니다.

"그렇다면 일주일만 저에게 시간을 주십시오. 제 재산의 삼분의 이를 드리겠습니다."

저승사자는 그 말도 들은 체 만 체하고는 구두쇠의 목숨을 지금 바로 가져가야 한다고 으름장을 놓았습니다.

"그럼 하루만이라도 시간을 주십시오. 가족들과 마지막으로 인사라도 할 수 있도록 허락해 주십시오."

저승사자는 어림없다는 듯 그에게 호통을 쳤습니다.

"너 같은 놈은 전 재산을 다 준다 해도 단 하루도 삶을 연장시켜 줄 수 없다!"

그러자 구두쇠는 모든 것을 체념했다는 듯이 간청했습니다.

"그렇다면 제발 글 몇 자 적을 시간만이라도 주십시오."

저승사자는 그 부탁까지 거절하면 너무 야박한 것 같아서 그러라고 하였습니다. 그러자 구두쇠는 재빨리 손가락을 물어뜯어 피를 내어서 자신이 서 있는 땅에다 커다랗게 글을 적었습니다.

'사람들아, 제발 더 늦기 전에 자신의 인생을 살아라. ―수십억을 가지고 있었지만 단 한순간도 제대로 된 인생을 살지 못한 어리석은 사람이 씀.'

돈이 모든 가치의 척도인 듯 돈이 모든 행복을 가져다줄 것이라고 굳게 믿고 살아가는 사람들이 있습니다. 하지만 그 사람들은 돈을 충분히 모은다 해도 자신이 꿈꾸던 행복을 결코 맛볼 수 없습니다. 돈은 삶의 '목적'이 아니라 살아가는 '수단'이기 때문입니다.

오직 돈을 위해서 살아가는 사람에게 이 세상은 고단하고 살 만한 곳이 아니기 마련입니다. 돈을 모으기 위해 삶의 의미를 잃어버리는 것은 너무 어리석은 사람이 아닐까요?

오늘 심은 나무처럼

　　　　　　　　　세 젊은이가 길을 가는데 늙으신 할아버지 한 분이 나무를 심고 있었습니다.

"할아버지, 연세도 높아 보이시는데 쓸데없이 왜 나무를 심고 계시는 거예요? 괜히 이런 일에다 힘을 쓰시면 일찍 돌아가실지도 모르잖아요. 이런 일은 저희 같은 젊은이들이 할 테니까 할아버지께서는 푹 쉬세요."

"젊은이들, 그렇지 않다네. 인간의 생명은 언제 어디서 끝날지 모르는 것이지. 나는 내일 하늘의 부름을 받을지도 모르고 또 몇 년 후에 부름을 받을지도 모른다오. 행운은 늦게 오기도 빨리 오기도 하는 것이니까. 나는 나무를 심으면서 내 아들, 내 손자, 내 증손자들, 나아가 우리 마을 사람들이 이 나무 그늘 아래 쉴 수 있다는 상상을 하고 있으면 더없이 즐거워진다오. 나 아닌 다른 사람을 위해 일할 수 있는 기쁨보다 더 큰 기쁨은 이 세상에 없을 거라오."

젊은이들은 노인의 말을 잘 이해할 수 없었습니다.

그런데 얼마 지나지 않아 그 세 명의 젊은이 중 한 사람은 교통사고로 죽었고, 또 한 사람은 배를 타고 나갔다가 실종되었고, 나머지 한 젊은이는 심장마비로 죽어버리고 말았습니다.

그 소식을 들은 할아버지는 젊은이들의 무덤 앞에 비석 하나를 세워준 후 이렇게 적었습니다.

'중요한 것은 바로 지금! 먼 훗날 어떻게 하겠다고 계산하지 말고 지금 한 그루의 나무를 심으십시오.'

우리가 무심코 내뱉은 '다음에'라는 말이 우리의 행복을 멀어지게 합니다. 우리가 습관적으로 믿곤 했던 '내일부터'라는 말이 우리의 인생을 조금씩 녹슬게 하고 있습니다.

'다음에'와 '내일부터'라는 말은 성공하는 사람들의 일기장에는 결코 존재하지 않습니다. '바로 지금'과 '지금부터'라는 말이 세계를 이끄는 위인들이 가장 즐겨 사용했던 말입니다.

양심의 꽃씨

옛날에 어느 나라 왕이 한 마을 사람들에게 꽃씨를 나누어주면서 얼마 후 이 마을에 자신이 다시 왔을 때 화분에 그 꽃씨를 가장 예쁘게 꽃피운 사람에게 친히 상을 내리겠다고 말했습니다.

그래서 마을 사람 모두가 그 꽃씨를 화분에 심고 열심히 길렀지만 어떻게 된 일인지 싹이 나지 않았습니다. 꽃이 피지 않아 애가 탄 마을 사람들은 똑같은 꽃씨를 구해다 다시 심었고 얼마 후 아름다운 꽃들이 피어났습니다.

드디어 왕이 돌아오는 날이 되자 모두 화분을 길가에 내놓아 마을은 화려하게 수놓아져 있었습니다. 그런데 그 많은 화분 중에서 유독 싹이 나지 않은 빈 화분을 안고 울고 있는 아이가 있었습니다.

왕은 그 아이 앞에 다가가 왜 우는지 그 이유를 물었습니다. 그러자 아이는 더 서럽게 울며 말했습니다.

"다른 사람들의 화분에는 저렇게 예쁜 꽃이 피는데 제 꽃씨는 웬일인지 싹이 나질 않아요."

왕은 웃으면서 그 아이에게만 커다란 상을 내렸습니다. 왜냐하면 사람들의 정직성을 알아보려고 아무리 정성을 다해도 결코 싹을 틔울 수 없는 볶은 꽃씨를 주었기 때문입니다. 왕은 큰 목소리로 사람들에게 말했습니다.

"이 마을에서 오직 이 아이만 양심의 꽃을 피웠다."

"사람은 혼자 있을 때 정직하다. 혼자 있을 때 자기를 속이지 못한다. 그러나 남을 대할 때는 속이려고 한다. 하지만 좀더 깊이 생각한다면 그것은 남을 속이는 것이 아니고 자기 자신을 속인다는 것을 알 것이다."

사람에게 두려운 것이 있다면 그것은 자신의 마음속에서 울려 퍼지는 양심의 소리를 꼽을 수 있습니다. 이 세상 모든 사람을 속일 수는 있어도 자신의 양심만은 결코 속일 수 없습니다.

알렉산더 대왕의 유언

천하를 호령하던 알렉산더 대왕의 병세가 날로 심각해지자 신하들은 걱정이 이만저만이 아니었습니다. 좋다는 약과 이름 있는 명의들을 다 동원해 보았지만 병세는 호전되지 않았습니다.

그런데 걱정하는 신하들과는 달리 알렉산더 대왕은 의외로 담담한 표정이었습니다. 하나씩 나라 일을 정리하는 왕의 모습을 본 신하들이 이제 그런 일은 접어두고 건강에만 신경 쓰라고 말려도 알렉산더 대왕은 아랑곳하지 않았습니다.

"사람이란 나면 언젠가는 죽게 되는 법 아닌가? 왜 이렇게 호들 갑을 떠는가? 이제 나는 내게 남겨진 시간을 충실히 보내기만 하면 더 이상 아쉬울 것이 없네."

알렉산더 대왕의 병세는 날이 갈수록 더 심해졌고, 신하들은 이제 천하를 호령하던 대왕이 과연 무슨 유언을 할지에 온 관심이 모아지고 있었습니다. 마침내 알렉산더 대왕이 모든 신하들을 불러 모았습니다. 그리고는 서기에게 자신의 유언을 기록하도록 지시하고는 서서히 입을 열었습니다.

"내가 죽거든 나의 모든 몸은 묻되 두 손만은 밖으로 내놓도록 하시오."

천하를 호령하던 왕의 입에서 무슨 유언이 나올까 기대했던 신하들은 다소 엉뚱하게 느껴지는 유언에 당황했고, 알렉산더 대왕은 말을 이었습니다.

"천하를 호령했던 나도, 아무 욕심 없이 살아온 평범한 사람도, 떠날 때는 빈손으로 간다는 단순한 진리를 이제야 깨달았도다."

학창 시절에는 공부를 잘하면 더 이상 바랄 것이 없다고 생각하고, 어른이 된 후에는 돈을 많이 가지면 최고의 행복을 가진 것이라 굳게 믿었습니다. 하지만 그 어느 것도 진정한 행복이 아니라는 사실을 우리는 그 시절이 지나가버린 후에야 알게 됩니다.
많이 소유했다고 해서 그것을 이 세상 끝날 때까지 손에 쥐고 갈 수 없다는 사실을 조금만 더 일찍 안다면, 우리 삶이 훨씬 더 가벼워질 것입니다.

게으름뱅이의 착각

지독히도 게으른 사람이 있었습니다. 그는 자신이 게으른 것을 알고 있었지만 자신의 운세가 좋다고 믿고 있었습니다.

그런데 세월이 흘러도 사정이 좋아지지 않자 불안한 마음이 들어서 자신의 앞날을 정확하게 말해줄 점쟁이를 찾아 나섰습니다.

여러 곳을 수소문한 끝에 가장 용하다는 점쟁이를 만날 수 있었습니다. 그 게으름뱅이는 점쟁이를 만나자마자 물었습니다.

"어서 빨리 나의 미래를 말해주십시오."

점쟁이는 한참을 무언가 중얼거리더니 점괘를 말했습니다.

"당신은 35세가 될 때까지는 재산도 모으지 못하고 불행한 삶을 살게 될 것입니다."

"뭐라고요, 35세까지 불행할 거라고요?"

그는 점쟁이의 말을 듣고 '그럼 그 다음부터는 잘 살게 된단 말이지.' 라고 생각하고 싱긋 웃으며 다시 물었습니다.

"그렇다면 그 다음부터 내 인생은 괜찮아진단 말이죠?"

그러자 점쟁이는 톡 쏘아붙이듯이 말했습니다.

"아뇨, 그 다음부터는 당신이 가난과 불행에 익숙해진다는 말입니다!"

이 세상에 희망과 꿈을 갖지 않고 살아가는 사람은 아무도 없습니다. 하지만 어쩌면 꿈을 이룰 수 있는 사람과 꿈을 이룰 수 없는 사람은 이미 정해져 있는지도 모릅니다. 세상에는 가만히 앉아서 꿈만 이야기하는 사람과 자신의 꿈을 찾아가면서 노력하는 사람이 있습니다. 어떤 사람이 꿈을 이룰 수 있는지는 분명합니다.

우리가 끊임없이 움직이면서 꿈을 이루기 위해 노력하지 않으면 이내 그 꿈은 녹슬어갈 테고 어느 순간에 연기처럼 사라져버릴 것입니다.

행복의 조건

세계적인 명성을 지닌 경영학 박사가 정년퇴임을 하게 되었습니다.

수많은 분야에서 명성을 떨치고 있는 박사의 제자들이 속속 모여들었고 정년퇴임식이 시작되었습니다. 그런데 박사의 얼굴은 내내 슬픈 표정이었습니다.

한 제자가 걱정되어 스승에게 물어보았습니다.

"선생님, 무슨 안 좋은 일이라도 있으십니까? 여기 모인 제자들을 보십시오. 다들 우리나라를 쥐고 흔드는 사람들입니다. 선생님은 후학들을 잘 가르치시고 모든 행복의 조건을 갖추고 정년퇴임을 하게 되셨습니다. 오늘같이 기쁜 날 왜 그러십니까?"

하지만 박사는 쓸쓸한 표정으로 말했습니다.

"아닐세. 지난 40년 간 내 인생은 내가 원했던 삶이 아니었다네. 나의 꿈은 피아니스트가 되는 것이었네. 지난 시간 난 내가 원했던 것과 다른 일을 해왔어. 나는 분명히 성공한 경영학 박사지.

하지만 중요한 건 내가 원했던 삶이 아니었다는 것이네. 그것은 행복하지 못했다는 것과 같은 말이지. 생각해 보게, 만일 배고프지도 않은데 자네 앞에 산해진미가 있다 한들 그게 행복하겠는가? 너무나 목이 말라 냉수 한 컵을 간절히 원하는데 누가 보약이 더 몸에 좋다고 보약을 가져다준다면 자네는 기쁘겠는가?"

성공은 사회적 지위도 명성도 아닙니다. 성공은 자신이 꿈꾸던 일을 하고 그것을 이룬 사람에게 수여되는 월계관 같은 것입니다. 돈을 많이 벌 수 있는 직장, 사회적 인지도가 높은 직업을 구하는 것이 성공이라 믿고 자신이 키워왔던 꿈을 헌신짝처럼 버린다면 인생의 월계관은 영원히 사라져버리는 것입니다.

파브르의 더러운 손

곤충의 신비한 세계를 이 세상에 알려
준 곤충학자 앙리 파브르가 중학교 교사로 있었을 때의 일입니다.

하루는 파브르가 발표한 곤충에 관한 글을 읽고 그를 높이 평
가한 교육부 장관이 학교로 찾아왔습니다. 장관이 악수를 청하
자 파브르는 실험중이라 자신의 손이 더럽다며 정중히 사양했습
니다.

하지만 장관은 그의 걱정을 전혀 개의치 않으며 말했습니다.

"일하고 있는 사람의 손이 더러운 것은 당연하지요."

그리고 장관은 파브르의 실험이 성공할 수 있도록 재정을 지원
하겠다고 말했습니다. 하지만 파브르는 정중히 장관의 제의를 거
절했습니다.

"더럽혀진 저의 손을 잡아주신 것만으로도 충분합니다."

그 말에 감동한 장관은 파브르의 손을 번쩍 들어올리며 같이
모여 있던 사람들을 향해 소리쳤습니다.

"여러분, 이 손을 보십시오!"

사람들은 호기심 어린 표정으로 장관을 쳐다보았습니다. 그러자 장관은 더 힘찬 목소리로 말했습니다.

"나는 여러분들 중에 이런 손이 더 많아지기를 바랍니다. 이 일하는 손이 바로 우리 사회를 발전시키는 아름다운 손입니다."

성실이라는 삶의 덕목은 이 세상 어디에서나 통용되는 유일한 화폐입니다. 사람들은 날마다 세상이 똑같이 보인다고 말하지만 땀 흘리고 난 후에 바라본 세상은 더없이 아름답고 고귀하게 보인다는 사실을 잊지 마십시오. 성실한 삶의 자세야말로 우리가 죽을 때까지 배워나가야 하는 인생의 진리입니다.

호두와 수박의 크기

한 청년이 호두나무 밑에 누워 있다가 문득 이런 생각을 하기에 이르렀습니다.

'신은 지혜가 부족한 거 같아. 기왕이면 이 나무에 달린 호두열매를 수박만큼 크게 만들었다면 얼마나 좋았을까? 그러면 내가 호두열매를 하나만 가져도 그 고소한 맛을 실컷 즐기고 또 배부르게 먹을 수도 있을 것 아닌가?'

청년은 이런 달콤한 공상에 사로잡혀 있다가 스르르 잠이 들었습니다.

얼마나 시간이 지났을까? 갑자기 청년의 머리 위로 무엇인가가 떨어졌는데 그는 아픔을 느끼고 잠에서 깨어났습니다.

주위를 둘러보았는데 아무도 없고 금방 떨어진 듯한 호두 한 개가 눈에 띄었습니다. 바람이 불면서 호두 한 개가 떨어져 청년의 이마를 때린 것이었습니다. 이마를 만져보니 조그마한 혹이 나 있었습니다.

청년은 이마를 만지면 신의 지혜로움을 생각해 보았습니다.

'만약에 내 생각처럼 호두 한 개가 수박만 하였다면, 그 수박덩이만한 호두가 내 머리 위에 떨어졌다면 어떻게 되었을까?'

그제야 청년은 아까 한 자신의 생각이 얼마나 어리석은 것인지 깨달을 수 있었습니다.

아프리카 원주민들은 원숭이를 잡기 위해서 가죽 자루에 원숭이가 제일 좋아하는 흰쌀을 넣어두고 원숭이의 손이 겨우 들어갈 만큼만 구멍을 만들어둡니다. 그러면 얼마 지난 후 원숭이가 자루에 간신히 손을 넣고 쌀을 움켜쥐고는 흐뭇해하며 다시 손을 빼내려고 하지만 빠지지 않습니다. 손을 펴고 쌀을 버리기만 하면 되는데 원숭이는 욕심 때문에 쌀을 쥔 손을 펴지 않고 결국에는 원주민들에게 붙잡혀 버리고 마는 것입니다.

혹시 당신도 닮은꼴 아닙니까? 손에 욕심을 쥐고 버려야 할 순간에도 버리지 못하고 결국에는 파멸에 이르는 원숭이처럼 살기를 원하지는 않겠죠?

한 의사의 유언장

네덜란드의 한 유명한 의사가 무려 700페이지에 달하는 유서를 가족에게 남겼습니다. 유족들은 유서를 개봉하기 전에 그 많은 재산을 어떻게 분배할지에 대한 궁금증과 함께 의견 또한 분분하였습니다.

얼마 후 유서를 개봉하기로 한 변호사가 방안으로 들어오자 가족들은 모두 자신에게 얼마만큼의 재산이 분배되었는지 긴장된 표정으로 지켜보았습니다. 변호사는 가족들을 한자리에 모이게 한 다음 유언장이 든 서류봉투를 개봉했습니다.

변호사는 조심스레 첫 페이지를 넘겼습니다. 그러나 어찌된 일인지 첫 장에는 아무것도 쓰여 있지 않았습니다.

변호사는 눈을 동그랗게 뜨고 다음 페이지를 넘겼지만 그 다음 장도 역시 백지였습니다. 변호사는 또 조심스레 다음 페이지를 넘겼습니다. 하지만 100장이고 200장이고 넘기는 페이지마다 모두 백지였습니다.

그 어느 장에도 펜을 댄 흔적이 없자 유족들은 실망을 금치 못했습니다. 드디어 699페이지가 되었습니다. 이제 한 장을 넘기게 되면 유언장은 끝나게 되는 것이었습니다. 그런데 변호사가 마지막 700페이지를 펼치는 순간 그 안에는 그 무엇보다 소중한 진리가 들어 있었습니다.

'머리는 차게, 발은 따뜻하게, 배는 8할 정도만 채울 것!'

돈으로 약을 살 수는 있지만 결코 건강은 살 수 없습니다. 이 세상에서 가장 가치 있는 재산, 그것은 바로 건강입니다.
우리는 음식을 먹을 때 소금의 중요성을 잘 느끼지 못합니다. 소금이 들어가지 않아서 간이 맞지 않은 음식을 먹고 난 후에야 소금의 고마움을 느낍니다. 마찬가지로 건강의 소중함도 병에 걸린 후에야 깨닫게 됩니다. 하지만 그때는 이미 늦어버린 경우가 허다하지요.

사랑을 보는 눈

어린 소년이 백화점 매장을 여기저기 둘러보고 있었습니다.

한참을 둘러보던 소년은 무언가 쑥스러운 듯 망설이다가 여성 속옷 매장에 들어갔습니다. 그리고는 판매 사원에게 말을 붙였습니다.

"저, 내일이 우리 엄마 생신이에요. 제가 내의를 선물하려고 하는데 어떤 게 어울릴까요? 엄마들은 무얼 좋아하나요?"

부끄러워하는 아이를 보자 판매 사원은 기특한 생각이 들어 친절하게 물었습니다.

"엄마 치수가 어떻게 되시니?"

"저는 잘 모르겠는데요."

판매 사원은 다정한 목소리로 다시 물었습니다.

"그러면 엄마는 키가 크시니, 작으시니? 뚱뚱한 편이시니, 날씬한 편이시니?"

소년은 그녀의 물음에 활짝 웃으며 말했습니다.

"우리 엄마는 이 세상에서 가장 아름다운 분이세요. 엄마는 우리 동네에서도 유명할 정도로 굉장한 미인이거든요."

아이의 말을 듣고 나서 판매 사원은 레이스가 달린 내의를 골라서 가장 날씬한 치수를 찾아 포장해서 소년의 손에 쥐어주었습니다.

그런데 다음날 다시 소년이 매장을 찾아와 속옷을 바꾸어 갔습니다. 소년이 다시 바꿔간 내의는 가장 큰 치수였습니다.

"사랑이란 서로가 눈에, 맘에, 몸에 익히는 것이다."
사랑은 자신도 모르는 사이에 그렇게 그에게 익숙한 마음이 되어가는 것, 나의 관심과 취미가 그에게 맞추어져 가는 것입니다. 어떤 이들은 불꽃 같은 감정으로 첫눈에 반해버리는 것이 사랑이라고 말하지만 사랑이란 지극히 느리고 더디게 서서히 그에게 길들여져 가는 것입니다. 마치 처음엔 그 존재를 느끼지 못하다가 이내 온몸을 흠뻑 적셔버리는 이슬비처럼 말이죠.

황제와 화부의 우정

　　　　　　　　대제국을 다스리는 황제가 있었습니다. 그는 평범하게 변장을 하고 서민들을 만나 대화 나누는 것을 좋아했습니다.

어느 날 황제는 거지처럼 분장을 하고 거리를 지나다가 지하실에서 땀을 뻘뻘 흘리며 불을 지피는 화부를 발견하고 그곳에 들어갔습니다. 얼굴은 시커멓게 그을렸고 누추한 옷을 걸친 화부와 황제는 많은 이야기를 나누었습니다. 한참을 이야기하다 배가 고파져 빵과 음료를 사가지고 들어와 서로 나누어 먹다 보니 정이 들었습니다.

그 후로 황제는 힘겨운 일이 있으면 그 화부를 찾아가 농담도 하고, 화부의 일에 대한 것도 묻고 하면서 외로운 마음을 달랬습니다.

그러던 어느 날, 황제는 자신의 신분을 속이는 것이 마음에 걸려 솔직히 털어놓기로 했습니다.

"여보게, 자네는 내가 거지처럼 보이겠지만 사실은 이 나라의 황제라네. 난 자네를 보면서 많은 것을 배웠네. 그런 의미에서 자네에게 무엇인가를 해주고 싶네. 관직을 줄 수도 있고 큰 집을 줄 수도 있고 아무튼 자네가 원하는 것은 무엇이든 들어주겠네."

황제의 말을 들은 화부는 머리를 조아리며 말했습니다.

"사실 황제 폐하인 줄 알았다면 애초에 이런 일도 없었을 것입니다. 이 누추한 곳까지 직접 찾아오셔서 밤새 이야기를 나누는 일도, 딱딱한 빵을 먹으면서 서로 웃고 즐거워하던 일도 없었을 텐데……. 그럴 수 있었던 것은 폐하가 보잘것없는 저에게 우정을 주셨기 때문이었습니다. 지금 저에게 바라는 것이 단 한 가지 있다면, 그것은 폐하께서 우정이라는 그 소중한 선물을 거두지 않는 일입니다."

우리의 삶에서 가장 큰 선물은, 초라한 현실 때문에 사람들이 하나둘 자신의 곁을 떠나갈 때 절친한 친구가 어깨를 두드리며 건네는 "난 널 믿어. 넌 잘할 수 있을 거야. 힘 내!"라는 따스한 말 한 마디입니다. 그런 격려 한 마디는 힘든 순간마다 가슴 밑둥에서 살아올라 우리 마음을 따뜻하게 덥혀 줄 것입니다.

노력의 열매

어떤 사람의 병이 위독한 지경에 이르렀습니다. 용하다는 의사를 찾아가서 치료방법을 묻자 의사는 병을 진찰한 뒤 이렇게 일러주었습니다.

"자네의 병이 몹시 깊어 위험하지만 못 고칠 병은 아니네. 내가 처방을 내릴 테니 꼭 그대로 따르게. 꿩고기만 먹고 다른 것은 절대 먹지 않으면 병을 고칠 수 있을 것이네."

그는 병원을 나와서 당장 시장으로 달려가서 꿩 한 마리를 샀습니다.

시간이 흘러 열흘쯤 지난 어느 날 의사는 길거리에서 우연히 그를 만나게 되었습니다. 의사는 자신의 처방을 잘 따르고 있는지 궁금했습니다.

"어떤가, 요즘 꿩고기는 잘 먹고 있는가? 병이 좀 낫는 것 같은가?"

그는 힘없는 목소리로 의사의 물음에 대답했습니다.

"꿩고기를 한 마리 먹었습니다. 그 뒤로는 아무것도 먹지 않았습니다."

"아니 왜 그런가?"

"선생님께서 제게 꿩고기만 먹으라고 하지 않았습니까? 그래서 꿩 한 마리만 먹고 다른 것은 아무것도 먹지 않았습니다."

의사는 어이가 없어 한숨만 내쉬었습니다.

"이 답답한 사람아, 꿩고기를 한 번 먹었으면 계속 먹어야지, 어떻게 겨우 한 번 먹어보고 낫기를 바라는가."

발명왕 에디슨이 실패의 늪에서 헤어나지 못할 때 사람들은 그를 허황된 몽상가로 여기고 비웃었습니다. 하지만 에디슨은 자신 있게 대답했습니다. "나는 천 번을 해서도 안 되면, 또 한 번 더 노력해야 한다는 커다란 진리를 발견했습니다."

성급하게 좋은 열매부터 맺으려고 서두르면 될 일도 안 됩니다. 먼저 좋은 씨앗을 만들기 위해 노력하고 튼튼한 나무로 성장하고 나면, 그 나무에서는 반드시 좋은 열매가 열리게 마련입니다.

사랑은 표현하는 것

한 교수가 세미나 참석차 미국으로 가게 되어 잠시 사랑하는 아이들과 헤어지게 되었습니다.

대학생인 큰아들이 공항까지 직접 차를 몰고 배웅하겠다고 했습니다. 차 열쇠를 큰아들에게 건네주면서 교수는 마음이 든든해졌습니다.

'이놈이 벌써 이렇게 컸구나.'

둘째와 셋째도 역시 아버지를 배웅하겠다고 해서 함께 공항으로 향했습니다. 공항에 도착하자 둘째와 셋째가 아버지의 허리를 안으며 이야기했습니다.

"아빠, 잘 다녀오세요. 아시죠? 우리가 아빠를 얼마나 사랑하는지."

교수는 두 아이를 따뜻하게 포옹해 주었습니다.

"아빠도 너희들을 사랑한단다."

그리고 큰아들에게 손을 내밀어 악수를 청했습니다.

"애야, 오늘 수고 많았다."

그런데 큰아들은 손을 잡는 대신에 교수를 꼭 껴안으며 말했습니다.

"아버지, 저도 아버지를 사랑해요. 건강히 잘 다녀오세요."

비행기에 오른 교수는 창밖을 보며 깊은 생각에 잠겼습니다. 그리고 한 가지 중요한 사실을 발견했습니다.

"아, 나는 얼마나 어리석었던가? 어리다고 해서 포옹을 하고 다 자랐다고 손만 내밀다니……. 왜 여태껏 몰랐단 말인가. 표현하는 사랑이 아름다운 것을……."

세상에서 절대로 늦추어선 안 될 일이 세 가지가 있습니다. 그것은 남에게 진 빚을 갚는 일, 용서하는 일, 그리고 사랑을 고백하는 일입니다. 나이를 막론하고 남자 여자라는 것에도 상관없이, 언제나 '표현하는 사랑'은 아름답습니다. 오늘 그에게 사랑을 고백하십시오. 더 늦기 전에…….

인생을 바꾼 선택

미국의 한 지방에 알코올 중독자인 아버지 밑에서 자라난 두 청년이 있었습니다. 그들의 아버지는 집을 지키는 것은 물론 자식들도 잘 거두지 않았습니다.

두 청년은 나이가 들면서 아버지의 술값으로 파산한 집을 떠나 각자 자신의 길을 찾아 나섰습니다.

몇 년이 지난 후, 한 심리학자가 알코올 중독이 어린이들에게 어떤 영향을 미치는지를 분석하던 중에 이 두 청년을 인터뷰하게 되었습니다.

그런데 한 청년은 자신의 일에 성실하고 능력을 인정받는 은행가가 되어 행복하게 살고 있었고, 다른 한 청년은 자신의 아버지를 그대로 닮아서 늘 희망 없이 하루하루를 술로 연명하는 알코올 중독자가 되어 있었습니다.

심리학자는 두 청년이 왜 이처럼 전혀 다른 삶을 살게 되었는지 조사하기로 했습니다. 그는 두 청년에게 진지하게 물었습니다.

"왜 당신은 이렇게 살게 되었습니까?"

그런데 놀랍게도 두 청년의 대답은 똑같은 것이었습니다.

"당신이 나처럼 알코올 중독자를 아버지로 두었다면 어떻게 되었을 것이라고 생각하십니까?"

위의 이야기에서 두 사람의 말은 다 맞는 말입니다. 하지만 두 사람이 말하는 뜻은 판이하게 다른 것입니다. 한 사람은 주어진 환경에 굴복한 것이고, 다른 한 사람은 주어진 환경을 이겨내고 축복으로 바꾼 것입니다.

사람에게는 누구나 자신의 뜻에 따라 자신의 인생을 선택할 수 있는 자유가 있습니다. 하지만 중요한 것은 자유 옆엔 항상 '책임'이라는 친구가 나란히 걷고 있다는 사실입니다.

아름다운 얼굴

페르시아의 사이러스 왕 시대에 있었던 일입니다. 어느 해 겨울, 사이러스 왕은 전쟁을 일으켜 커다란 승리를 거두었습니다.

사이러스 왕의 충직한 장군들은 이웃나라의 왕과 왕비 그리고 그 자녀들을 모두 포로로 잡아서 위대한 왕의 승리를 축하하였습니다. 신하들은 정복자로서 이웃나라의 왕을 처형해야 한다고 주장했습니다.

사이러스 왕은 포로로 잡힌 왕에게 마지막 소원이 있으면 말하라고 명령했습니다. 이웃나라의 왕은 위엄을 잃지는 않았지만 간절한 기원을 담아 소원을 말했습니다.

"위대한 왕이시여, 만약 나를 놓아주시면 내 재산의 절반을 주겠습니다. 내 자식들을 놓아주시면 내 재산의 전부를 주겠습니다. 그리고 내 아내를 놓아주신다면 내 생명까지도 기꺼이 바치겠습니다."

그 말을 들은 사이러스 왕은 너무나 감동한 나머지 이웃나라의 왕비와 자녀들은 물론 왕까지 모두 풀어주었습니다.

이윽고 사이러스 왕의 자비로움으로 풀려나게 된 이웃나라 왕이 자신의 왕궁으로 돌아와서 왕비에게 물었습니다.

"페르시아의 사이러스 왕은 너무나 훌륭한 분이오. 당신, 그 인자한 왕의 모습을 보았소?"

그러자 왕비는 사랑의 눈빛을 담아 이렇게 대답했습니다.

"아니요. 전 나를 위해 목숨까지도 바치겠다고 한 당신의 얼굴을 보고 있기에도 시간이 부족하던걸요."

진정한 사랑은 말하지 않아도 상대방의 마음으로 전해져 그 사람의 온 마음을 따뜻하게 하는 마법의 주문 같은 것입니다. 사랑을 주는 사람의 얼굴은 이 세상 그 무엇과도 비교할 수 없는 아름다운 얼굴입니다.

양심을 지킨 제자

　　　　　　　수많은 제자를 둔 위대한 스승이 한
명 있었습니다. 스승은 세상의 모든 이치를 꿰뚫는 현명한 머리와
사람들의 마음을 볼 수 있는 눈을 가졌기에 온 국민이 존경하는
분이었습니다.

　그런데 언제부터인가 여태껏 스승의 말을 잘 들으며 열심히 지
혜를 키워왔던 제자들에게서 불만의 목소리가 생겨났습니다. 그
것은 스승이 유독 한 제자만을 편애한다는 것이었습니다. 제자들
은 몇 사람씩 무리를 지어 스승을 험담하고 그 지목된 한 제자를
비난했습니다.

　"스승님은 변하셨어. 모두 사랑한다고 하시더니 한 사람만 챙
기시잖아."

　"그 사람이 나보다 잘난 게 뭐가 있어. 그가 스승님의 후계자가
된다면 하늘이 웃을 거야. 절대 그럴 수는 없어."

　사람의 마음을 볼 수 있는 스승은 어느새 제자들의 불만을 알

아채고 있었습니다. 이제 더 이상 제자들을 그대로 두고 볼 수 없다고 판단한 스승은 모든 제자들을 불러 모았습니다.

스승은 호기심 어린 눈으로 모여 있는 제자들을 향해 이렇게 말했습니다.

"모두 들어라. 오늘 새 한 마리씩을 구해 오거라. 그리고 그 새를 아무도 보지 않는 곳에서 죽인 후에 들고 오는 사람에게 나의 모든 지식을 전수해 주겠다."

얼마의 시간이 지난 후 제자들이 모두 새를 잡아왔고, 저녁 무렵이 되자 그 새를 죽이고 의기양양하게 돌아와 스승의 발표를 기다리고 있었습니다. 그런데 유독 스승으로부터 사랑을 받고 있다고 다른 제자들의 질투를 받던 그 제자는 새를 산 채로 그대로 안고 있었습니다.

스승은 엄한 목소리로 그 제자에게 물었습니다.

"너는 왜 새를 죽이지 않고 그냥 가져왔느냐? 너는 내 말을 어길 셈이냐!"

그러자 현명한 제자는 아무 주저 없이 이렇게 대답했습니다.

"스승님의 말씀을 어길 생각은 추호도 없었습니다. 하지만 스승님은 아무도 보는 이가 없는 곳에서 새를 죽이라고 하셨습니다. 그래서 저는 아무도 보는 이가 없는 곳을 찾아다녔지만 그런 장소를 찾을 수가 없었습니다. 아무리 깊은 숲 속에 들어가서 새를 죽이려고 했지만 이미 그곳에는 제 양심이 먼저 와서 저를 지켜보고 있었습니다."

그 현명한 제자의 말에 다른 제자들은 전부 고개를 숙였고 다시는 스승이 편애한다는 말이 나오지 않았습니다.

도스토예프스키는 인간의 양심에 대해 이렇게 말했습니다.

"영혼 속에서 외치며 끊임없이 마음의 문을 두드리고 죽도록 가슴을 괴롭히는 무엇인가가 있다. 그것은 다름 아닌 인간의 양심이다."

라디오의 건전지가 다 되면 즉시 갈아 넣으면서 자신의 심장은 배터리가 다 되어도 도무지 갈아 넣을 줄 모르는 사람들이 너무 많습니다. 이제 우리의 가슴에 낀 묵은 먹지를 털어내야 할 시간입니다.

우리의 인생은 아무것도 하지 않고 흘려보내면
황무지에 불과하지만,
씨앗을 뿌리고 땅을 일구고 비료를 주면
금싸라기보다 더 귀한 열매가 알알이 맺게 됩니다.